# WILHELM MEISTERS LEHRJAHRE

JOHANN WOLFGANG GOETHE

Herausgeber: Culturea (34, Hérault)
Druck: BOD - In de Tarpen 42, Norderstedt (Deutschland)
Website: http://culturea.fr
Kontakt: infos@culturea.fr
ISBN:9791041909476
Veröffentlichungsdatum: FEBRUAR 2023
Layout und Design: https://reedsy.com/
Dieses Buch wurde mit der Schriftart Bauer Bodoni gesetzt.

ER WIRT MIR GEBEN

## Erstes Buch

### Erstes Kapitel

Das Schauspiel dauerte sehr lange. Die alte Barbara trat einigemal ans Fenster und horchte, ob die Kutschen nicht rasseln wollten. Sie erwartete Marianen, ihre schöne Gebieterin, die heute im Nachspiele, als junger Offizier gekleidet, das Publikum entzückte, mit größerer Ungeduld als sonst, wenn sie ihr nur ein mäßiges Abendessen vorzusetzen hatte; diesmal sollte sie mit einem Paket überrascht werden, das Norberg, ein junger, reicher Kaufmann, mit der Post geschickt hatte, um zu zeigen, daß er auch in der Entfernung seiner Geliebten gedenke.

Barbara war als alte Dienerin, Vertraute, Ratgeberin, Unterhändlerin und Haushälterin in Besitz des Rechtes, die Siegel zu eröffnen, und auch diesen Abend konnte sie ihrer Neugierde um so weniger widerstehen, als ihr die Gunst des freigebigen Liebhabers mehr als selbst Marianen am Herzen lag. Zu ihrer größten Freude hatte sie in dem Paket ein feines Stück Nesseltuch und die neuesten Bänder für Marianen, für sich aber ein Stück Kattun, Halstücher und ein Röllchen Geld gefunden. Mit welcher Neigung, welcher Dankbarkeit erinnerte sie sich des abwesenden Norbergs! Wie lebhaft nahm sie sich vor, auch bei Marianen seiner im besten zu gedenken, sie zu erinnern, was sie ihm schuldig sei und was er von ihrer Treue hoffen und erwarten müsse.

Das Nesseltuch, durch die Farbe der halbaufgerollten Bänder belebt, lag wie ein Christgeschenk auf dem Tischchen; die Stellung der Lichter erhöhte den Glanz der Gabe, alles war in Ordnung, als die Alte den Tritt Marianens auf der Treppe vernahm und ihr entgegeneilte. Aber wie sehr verwundert trat sie zurück, als das weibliche Offizierchen, ohne auf die Liebkosungen zu achten, sich an ihr vorbeidrängte, mit ungewöhnlicher Hast und Bewegung in das Zimmer trat, Federhut und Degen auf den Tisch warf, unruhig auf und nieder ging und den feierlich angezündeten Lichtern keinen Blick gönnte.

"Was hast du, Liebchen?" rief die Alte verwundert aus. "Um 's Himmels willen, Töchterchen, was gibt's? Sieh hier diese Geschenke! Von wem können sie sein, als von deinem zärtlichsten Freunde? Norberg schickt dir das Stück Musselin zum Nachtkleide; bald ist er selbst da; er scheint mir eifriger und freigebiger als jemals."

Die Alte kehrte sich um und wollte die Gaben, womit er auch sie bedacht, vorweisen, als Mariane, sich von den Geschenken wegwendend, mit Leidenschaft ausrief: "Fort! Fort! heute will ich nichts von allem diesen hören; ich habe dir gehorcht, du hast es gewollt, es sei so! Wenn Norberg zurückkehrt, bin ich wieder sein, bin ich dein, mache mit mir, was du willst, aber bis dahin will ich mein sein, und hättest du tausend Zungen, du solltest mir meinen Vorsatz nicht ausreden. Dieses ganze Mein will ich dem geben, der mich liebt und den ich liebe. Keine Gesichter! Ich will mich dieser Leidenschaft überlassen, als wenn sie ewig dauern sollte."

Der Alten fehlte es nicht an Gegenvorstellungen und Gründen; doch da sie in fernerem Wortwechsel heftig und bitter ward, sprang Mariane auf sie los und faßte sie bei der Brust. Die Alte lachte überlaut. "Ich werde sorgen müssen", rief sie aus, "daß sie wieder bald in lange Kleider kommt, wenn ich meines Lebens sicher sein will. Fort, zieht Euch aus! Ich hoffe, das Mädchen wird mir abbitten, was mir der flüchtige Junker Leids zugefügt hat; herunter mit dem Rock und immer so fort alles herunter! Es ist eine unbequeme Tracht, und für Euch gefährlich, wie ich merke. Die Achselbänder begeistern Euch."

Die Alte hatte Hand an sie gelegt, Mariane riß sich los. "Nicht so geschwind!" rief sie aus, "ich habe noch heute Besuch zu erwarten."

"Das ist nicht gut", versetzte die Alte. "Doch nicht den jungen, zärtlichen, unbefiederten Kaufmannssohn?"--"Eben den", versetzte Mariane.

"Es scheint, als wenn die Großmut Eure herrschende Leidenschaft werden wollte", erwiderte die Alte spottend; "Ihr nehmt Euch der Unmündigen, der Unvermögenden mit großem Eifer an. Es muß reizend sein, als uneigennützige Geberin angebetet zu werden."

"Spotte, wie du willst. Ich lieb ihn! ich lieb ihn! Mit welchem Entzücken sprech ich zum erstenmal diese Worte aus! Das ist diese Leidenschaft, die ich so oft vorgestellt habe, von der ich keinen Begriff hatte. Ja, ich will mich ihm um den Hals werfen! ich will ihn fassen, als wenn ich ihn ewig halten wollte. Ich will ihm meine ganze Liebe zeigen, seine Liebe in ihrem ganzen Umfang genießen."

"Mäßigt Euch", sagte die Alte gelassen, "mäßigt Euch! Ich muß Eure Freude durch ein Wort unterbrechen: Norberg kommt! in vierzehn Tagen kommt er! Hier ist sein Brief, der die Geschenke begleitet hat."

"Und wenn mir die Morgensonne meinen Freund rauben sollte, will ich mir's verbergen. Vierzehn Tage! Welche Ewigkeit! In vierzehn Tagen, was kann da nicht vorfallen, was kann sich da nicht verändern!"

Wilhelm trat herein. Mit welcher Lebhaftigkeit flog sie ihm entgegen! mit welchem Entzücken umschlang er die rote Uniform! drückte er das weiße Atlaswestchen an seine Brust! Wer wagte hier zu beschreiben, wem geziemt es, die Seligkeit zweier Liebenden auszusprechen! Die Alte ging murrend beiseite, wir entfernen uns mit ihr und lassen die Glücklichen allein.

## I. Buch, 2. Kapitel

### Zweites Kapitel

Als Wilhelm seine Mutter des andern Morgens begrüßte, eröffnete sie ihm, daß der Vater sehr verdrießlich sei und ihm den täglichen Besuch des Schauspiels nächstens untersagen werde. "Wenn ich gleich selbst", fuhr sie fort, "manchmal gern ins Theater gehe, so möchte ich es doch oft verwünschen, da meine häusliche Ruhe durch deine unmäßige Leidenschaft zu diesem Vergnügen gestört wird. Der Vater wiederholt immer wozu es nur nütze sei? Wie man seine Zeit nur so verderben könne?"

"Ich habe es auch schon von ihm hören müssen", versetzte Wilhelm, "und habe ihm vielleicht zu hastig geantwortet; aber um 's Himmels willen, Mutter! ist denn alles unnütz, was uns nicht unmittelbar Geld in den Beutel bringt, was uns nicht den allernächsten Besitz verschafft? Hatten wir in dem alten Hause nicht Raum genug? und war es nötig, ein neues zu bauen? Verwendet der Vater nicht jährlich einen ansehnlichen Teil seines Handelsgewinnes zur Verschönerung der Zimmer? Diese seidenen Tapeten, diese englischen Mobilien, sind sie nicht auch unnütz? Könnten wir uns nicht mit geringeren begnügen? Wenigstens bekenne ich, daß mir diese gestreiften Wände, diese hundertmal wiederholten Blumen, Schnörkel, Körbchen und Figuren einen durchaus unangenehmen Eindruck machen. Sie kommen mir höchstens vor wie unser Theatervorhang. Aber wie anders ist's, vor diesem zu sitzen! Wenn man noch so lange warten muß, so weiß man doch, er wird in die Höhe gehen, und wir werden die mannigfaltigsten Gegenstände sehen, die uns unterhalten, aufklären und erheben."

"Mach es nur mäßig", sagte die Mutter, "der Vater will auch abends unterhalten sein; und dann glaubt er, es zerstreue dich, und am Ende trag ich, wenn er verdrießlich wird, die Schuld. Wie oft mußte ich mir das verwünschte Puppenspiel vorwerfen lassen, das ich euch vor zwölf Jahren zum Heiligen Christ gab und das euch zuerst Geschmack am Schauspiele beibrachte!"

"Schelten Sie das Puppenspiel nicht, lassen Sie sich Ihre Liebe und Vorsorge nicht gereuen! Es waren die ersten vergnügten Augenblicke, die ich in dem neuen, leeren Hause genoß; ich sehe es diesen Augenblick noch vor mir, ich weiß, wie sonderbar es mir vorkam, als man uns, nach Empfang der gewöhnlichen Christgeschenke, vor einer Türe niedersetzen hieß, die aus einem andern Zimmer hereinging. Sie eröffnete sich; allein nicht wie sonst zum Hin- und Widerlaufen, der Eingang war durch eine unerwartete Festlichkeit ausgefüllt. Es baute sich ein Portal in die Höhe, das von einem mystischen Vorhang verdeckt war. Erst standen wir alle von ferne, und wie unsere Neugierde größer ward, um zu sehen, was wohl Blinkendes und Rasselndes sich hinter der halb durchsichtigen Hülle verbergen möchte, wies man jedem sein Stühlchen an und gebot uns, in Geduld zu warten.

So saß nun alles und war still; eine Pfeife gab das Signal, der Vorhang rollte in die Höhe und zeigte eine hochrot gemalte Aussicht in den Tempel. Der Hohepriester Samuel erschien mit Jonathan, und ihre wechselnden wunderlichen Stimmen kamen mir höchst ehrwürdig vor. Kurz darauf betrat Saul die Szene, in großer Verlegenheit über die Impertinenz des schwerlötigen Kriegers, der ihn und die Seinigen herausgefordert hatte. Wie wohl ward es mir daher, als der zwerggestaltete Sohn Isai mit Schäferstab, Hirtentasche und Schleuder hervorhüpfte und sprach: "Großmächtigster König und Herr! es entfalle keinem der Mut um deswillen; wenn Ihre Majestät mir erlauben wollen, so will ich hingehen und mit dem gewaltigen Riesen in den Streit treten."--Der erste Akt war geendet und die Zuschauer höchst begierig zu sehen, was nun weiter vorgehen sollte; jedes wünschte, die Musik möchte nur bald aufhören. Endlich ging der Vorhang wieder in die Höhe. David weihte das Fleisch des Ungeheuers den Vögeln unter dem Himmel und den Tieren auf dem Felde; der Philister sprach Hohn, stampfte viel mit beiden Füßen, fiel endlich wie ein Klotz und gab der ganzen Sache einen herrlichen Ausschlag. Wie dann nachher die Jungfrauen sangen: "Saul hat tausend geschlagen, David aber zehntausend!", der Kopf des Riesen vor dem kleinen Überwinder hergetragen wurde und er die schöne Königstochter zur Gemahlin erhielt, verdroß es mich doch bei aller Freude, daß der Glücksprinz so zwergmäßig gebildet sei. Denn nach der Idee vom großen Goliath und kleinen David hatte man nicht verfehlt, beide recht charakteristisch zu machen. Ich bitte Sie, wo sind die Puppen hingekommen? Ich habe versprochen, sie einem Freunde zu zeigen, dem ich viel Vergnügen machte, indem ich ihn neulich von diesem Kinderspiel unterhielt."

"Es wundert mich nicht, daß du dich dieser Dinge so lebhaft erinnerst: denn du nahmst gleich den größten Anteil daran. Ich weiß, wie du mir das Büchlein entwendetest und das ganze Stück auswendig lerntest; ich wurde es erst gewahr, als du eines Abends dir einen Goliath und David von Wachs machtest, sie beide gegeneinander perorieren ließest, dem Riesen endlich einen Stoß gabst und sein unförmliches Haupt auf einer großen Stecknadel mit wächsernem Griff dem kleinen David in die Hand klebtest. Ich hatte damals so eine herzliche mütterliche Freude über dein gutes Gedächtnis und deine pathetische Rede, daß ich mir sogleich vornahm, dir die hölzerne Truppe nun selbst zu übergeben. Ich dachte damals nicht, daß es mir so manche verdrießliche Stunde machen sollte."

"Lassen Sie sich's nicht gereuen", versetzte Wilhelm; "denn es haben uns diese Scherze manche vergnügte Stunde gemacht."

Und mit diesem erbat er sich die Schlüssel, eilte, fand die Puppen und war einen Augenblick in jene Zeiten versetzt, wo sie ihm noch belebt schienen, wo er sie durch die Lebhaftigkeit seiner Stimme, durch die Bewegung seiner Hände zu beleben glaubte. Er nahm sie mit auf seine Stube und verwahrte sie sorgfältig.

I. Buch, 3. Kapitel

Drittes Kapitel

Wenn die erste Liebe, wie ich allgemein behaupten höre, das Schönste ist, was ein Herz früher oder später empfinden kann, so müssen wir unsern Helden dreifach glücklich preisen, daß ihm gegönnt ward, die Wonne dieser einzigen Augenblicke in ihrem ganzen Umfange zu genießen. Nur wenig Menschen werden so vorzüglich begünstigt, indes die meisten von ihren frühern Empfindungen nur durch eine harte Schule geführt werden, in welcher sie, nach einem kümmerlichen Genuß, gezwungen sind, ihren besten Wünschen entsagen und das, was ihnen als höchste Glückseligkeit vorschwebte, für immer entbehren zu lernen.

Auf den Flügeln der Einbildungskraft hatte sich Wilhelms Begierde zu dem reizenden Mädchen erhoben; nach einem kurzen Umgange hatte er ihre Neigung gewonnen, er fand sich im Besitz einer Person, die er so sehr liebte, ja verehrte: denn sie war ihm zuerst in dem günstigen Lichte theatralischer Vorstellung erschienen, und seine Leidenschaft zur Bühne verband sich mit der ersten Liebe zu einem weiblichen Geschöpfe. Seine Jugend ließ ihn reiche Freuden genießen, die von einer lebhaften Dichtung erhöht und erhalten wurden. Auch der Zustand seiner Geliebten gab ihrem Betragen eine Stimmung, welche seinen Empfindungen sehr zu Hülfe kam; die Furcht, ihr Geliebter möchte ihre übrigen Verhältnisse vor der Zeit entdecken, verbreitete über sie einen liebenswürdigen Anschein von Sorge und Scham, ihre Leidenschaft für ihn war lebhaft, selbst ihre Unruhe schien ihre Zärtlichkeit zu vermehren; sie war das lieblichste Geschöpf in seinen Armen.

Als er aus dem ersten Taumel der Freude erwachte und auf sein Leben und seine Verhältnisse zurückblickte, erschien ihm alles neu, seine Pflichten heiliger, seine Liebhabereien lebhafter, seine Kenntnisse deutlicher, seine Talente kräftiger, seine Vorsätze entschiedener. Es ward ihm daher leicht, eine Einrichtung zu treffen, um den Vorwürfen seines Vaters zu entgehen, seine Mutter zu beruhigen und Marianens Liebe ungestört zu genießen. Er verrichtete des Tags seine Geschäfte pünktlich, entsagte gewöhnlich dem Schauspiel, war abends bei Tische unterhaltend und schlich, wenn alles zu Bette war, in seinen Mantel gehüllt, sachte zu dem Garten hinaus und eilte, alle Lindors und Leanders im Busen, unaufhaltsam zu seiner Geliebten.

"Was bringen Sie?" fragte Mariane, als er eines Abends ein Bündel hervorwies, das die Alte in Hoffnung angenehmer Geschenke sehr aufmerksam betrachtete. "Sie werden es nicht erraten", versetzte Wilhelm.

Wie verwunderte sich Mariane, wie entsetzte sich Barbara, als die aufgebundene Serviette einen verworrenen Haufen spannenlanger Puppen sehen ließ. Mariane lachte laut, als Wilhelm die verworrenen Drähte auseinanderzuwickeln und jede Figur einzeln vorzuzeigen bemüht war. Die Alte schlich verdrießlich beiseite.

Es bedarf nur einer Kleinigkeit, um zwei Liebende zu unterhalten, und so vergnügten sich unsre Freunde diesen Abend aufs beste. Die kleine Truppe wurde gemustert, jede Figur genau betrachtet und belacht. König Saul im schwarzen Samtrocke mit der goldenen Krone wollte Marianen gar nicht gefallen; er sehe ihr, sagte sie, zu steif und pedantisch aus. Desto besser behagte ihr Jonathan, sein glattes Kinn, sein gelb und rotes Kleid und der Turban. Auch wußte sie ihn gar artig am Drahte hin und her zu drehen, ließ ihn Reverenzen machen und Liebeserklärungen hersagen. Dagegen wollte sie dem Propheten Samuel nicht die mindeste Aufmerksamkeit schenken, wenn ihr gleich Wilhelm das Brustschildchen anpries und erzählte, daß der Schillertaft des Leibrocks von einem alten Kleide der Großmutter genommen sei. David war ihr zu klein und Goliath zu groß; sie hielt sich an ihren Jonathan. Sie wußte ihm so artig zu tun und zuletzt ihre Liebkosungen von der Puppe auf unsern Freund herüberzutragen, daß auch diesmal wieder ein geringes Spiel die Einleitung glücklicher Stunden ward.

Aus der Süßigkeit ihrer zärtlichen Träume wurden sie durch einen Lärm geweckt, welcher auf der Straße entstand. Mariane rief der Alten, die, nach ihrer Gewohnheit noch fleißig, die veränderlichen Materialien der Theatergarderobe zum Gebrauch des nächsten Stückes anzupassen beschäftigt war. Sie gab die Auskunft, daß eben eine Gesellschaft lustiger Gesellen aus dem Italienerkeller nebenan heraustaumle, wo sie bei frischen Austern, die eben angekommen, des Champagners nicht geschont hätten.

"Schade", sagte Mariane, "daß es uns nicht früher eingefallen ist, wir hätten uns auch was zugute tun sollen."

"Es ist wohl noch Zeit", versetzte Wilhelm und reichte der Alten einen

Louisdor hin. "Verschafft Sie uns, was wir wünschen, so soll Sie's mit genießen."

Die Alte war behend, und in kurzer Zeit stand ein artig bestellter Tisch mit einer wohlgeordneten Kollation vor den Liebenden. Die Alte mußte sich dazusetzen; man aß, trank und ließ sich's wohl sein.

In solchen Fällen fehlt es nie an Unterhaltung. Mariane nahm ihren Jonathan wieder vor, und die Alte wußte das Gespräch auf Wilhelms Lieblingsmaterie zu wenden. "Sie haben uns schon einmal", sagte sie, "von der ersten Aufführung eines Puppenspiels am Weihnachtsabend unterhalten; es war lustig zu hören. Sie wurden eben unterbrochen, als das Ballett angehen sollte. Nun kennen wir das herrliche Personal, das jene großen Wirkungen hervorbrachte."

"Ja", sagte Mariane, "erzähle uns weiter, wie war dir's zumute?"

"Es ist eine schöne Empfindung, liebe Mariane", versetzte Wilhelm, "wenn wir uns alter Zeiten und alter unschädlicher Irrtümer erinnern, besonders wenn es in einem Augenblick geschieht, da wir eine Höhe glücklich erreicht haben, von welcher wir uns umsehen und den zurückgelegten Weg überschauen können. Es ist so angenehm, selbstzufrieden sich mancher Hindernisse zu erinnern, die wir oft mit einem peinlichen Gefühle für unüberwindlich hielten, und dasjenige, was wir jetzt entwickelt sind, mit dem zu vergleichen, was wir damals unentwickelt waren. Aber unaussprechlich glücklich fühl ich mich jetzt, da ich in diesem Augenblicke mit dir von dem Vergangnen rede, weil ich zugleich vorwärts in das reizende Land schaue, das wir zusammen Hand in Hand durchwandern können."

"Wie war es mit dem Ballett?" fiel die Alte ihm ein. "Ich fürchte, es ist nicht alles abgelaufen, wie es sollte."

"O ja", versetzte Wilhelm, "sehr gut! Von jenen wunderlichen Sprüngen der Mohren und Mohrinnen, Schäfer und Schäferinnen, Zwerge und Zwerginnen ist mir eine dunkle Erinnerung auf mein ganzes Leben geblieben. Nun fiel der Vorhang, die Türe schloß sich, und die ganze kleine Gesellschaft eilte wie betrunken und taumelnd zu Bette; ich weiß aber wohl, daß ich nicht einschlafen konnte, daß ich noch etwas erzählt haben wollte, daß ich noch viele Fragen tat und daß ich nur ungern die Wärterin entließ, die uns zur Ruhe gebracht hatte.

Den andern Morgen war leider das magische Gerüste wieder verschwunden, der mystische Schleier weggehoben, man ging durch jene Türe wieder frei aus einer Stube in die andere, und so viel Abenteuer hatten keine Spur zurückgelassen. Meine Geschwister liefen mit ihren Spielsachen auf und ab, ich allein schlich hin und her, es schien mir unmöglich, daß da nur zwo Türpfosten sein sollten, wo gestern so viel Zauberei gewesen war. Ach, wer eine verlorne Liebe sucht, kann nicht unglücklicher sein, als ich mir damals schien!"

Ein freudetrunkner Blick, den er auf Marianen warf, überzeugte sie, daß er nicht fürchtete, jemals in diesen Fall kommen zu können.

## I. Buch, 4. Kapitel

### Viertes Kapitel

"Mein einziger Wunsch war nunmehr", fuhr Wilhelm fort, "eine zweite Aufführung des Stücks zu sehen. Ich lag der Mutter an, und diese suchte zu einer gelegenen Stunde den Vater zu bereden; allein ihre Mühe war vergebens. Er behauptete, nur ein seltenes Vergnügen könne bei den Menschen einen Wert haben, Kinder und Alte wüßten nicht zu schätzen, was ihnen Gutes täglich begegnete.

Wir hätten auch noch lange, vielleicht bis wieder Weihnachten, warten müssen, hätte nicht der Erbauer und heimliche Direktor des Schauspiels selbst Lust gefühlt, die Vorstellung zu wiederholen und dabei in einem Nachspiele einen ganz frisch fertig gewordenen Hanswurst zu produzieren.

Ein junger Mann von der Artillerie, mit vielen Talenten begabt, besonders in mechanischen Arbeiten geschickt, der dem Vater während des Bauens viele wesentliche Dienste geleistet hatte und von ihm reichlich beschenkt worden war, wollte sich am Christfeste der kleinen Familie dankbar erzeigen und machte dem Hause seines Gönners ein Geschenk mit diesem ganz eingerichteten Theater, das er ehmals in müßigen Stunden zusammengebaut, geschnitzt und gemalt hatte. Er war es, der mit Hülfe eines Bedienten selbst die Puppen regierte und mit verstellter Stimme die verschiedenen Rollen hersagte. Ihm ward nicht schwer, den Vater zu bereden, der einem Freunde aus Gefälligkeit zugestand, was er seinen Kindern aus Überzeugung abgeschlagen hatte. Genug, das Theater ward wieder aufgestellt, einige Nachbarskinder gebeten und das Stück wiederholt.

Hatte ich das erstemal die Freude der Überraschung und des Staunens, so war zum zweiten Male die Wollust des Aufmerkens und Forschens groß. Wie das zugehe, war jetzt mein Anliegen. Daß die Puppen nicht selbst redeten, hatte ich mir schon das erstemal gesagt; daß sie sich nicht von selbst bewegten, vermutete ich auch; aber warum das alles doch so hübsch war und es doch so aussah, als wenn sie selbst redeten und sich bewegten, und wo die Lichter und die Leute sein möchten, diese Rätsel beunruhigten mich um desto mehr, je mehr ich wünschte, zugleich unter den Bezauberten und Zauberern zu sein, zugleich meine Hände verdeckt im Spiel zu haben und als Zuschauer die Freude der Illusion zu genießen.

Das Stück war zu Ende, man machte Vorbereitungen zum Nachspiel, die Zuschauer waren aufgestanden und schwatzten durcheinander. Ich drängte mich näher an die Türe und hörte inwendig am Klappern, daß man mit Aufräumen beschäftigt sei. Ich hub den untern Teppich auf und guckte zwischen dem Gestelle durch. Meine Mutter bemerkte es und zog mich zurück; allein ich hatte doch soviel gesehen, daß man Freunde und Feinde, Saul und Goliath und wie sie alle heißen mochten, in einen Schiebkasten packte, und so erhielt meine halbbefriedigte Neugierde frische Nahrung. Dabei hatte ich zu meinem größten Erstaunen den Lieutenant im Heiligtume sehr geschäftig erblickt. Nunmehr konnte mich der Hanswurst, sosehr er mit seinen Absätzen klapperte, nicht unterhalten. Ich verlor mich in tiefes Nachdenken und war nach dieser Entdeckung ruhiger und unruhiger als vorher. Nachdem ich etwas erfahren hatte, kam es mir erst vor, als ob ich gar nichts wisse, und ich hatte recht: denn es fehlte mir der Zusammenhang, und darauf kommt doch eigentlich alles an."

## I. Buch, 5. Kapitel

### Fünftes Kapitel

"Die Kinder haben", fuhr Wilhelm fort, "in wohleingerichteten und geordneten Häusern eine Empfindung, wie ungefähr Ratten und Mäuse haben mögen: sie sind aufmerksam auf alle Ritzen und Löcher, wo sie zu einem verbotenen Naschwerk gelangen können; sie genießen es mit einer solchen verstohlnen, wollüstigen Furcht, die einen großen Teil des kindischen Glücks ausmacht.

Ich war vor allen meinen Geschwistern aufmerksam, wenn irgend ein Schlüssel steckenblieb. Je größer die Ehrfurcht war, die ich für die verschlossenen Türen in meinem Herzen herumtrug, an denen ich wochen- und monatelang vorbeigehen mußte und in die ich nur manchmal, wenn die Mutter das Heiligtum öffnete, um etwas herauszuholen, einen verstohlnen Blick tat, desto schneller war ich, einen Augenblick zu benutzen, den mich die Nachlässigkeit der Wirtschafterinnen manchmal treffen ließ.

Unter allen Türen war, wie man leicht erachten kann, die Türe der Speisekammer diejenige, auf die meine Sinne am schärfsten gerichtet waren. Wenig ahnungsvolle Freuden des Lebens glichen der Empfindung, wenn mich meine Mutter manchmal hineinrief, um ihr etwas heraustragen zu helfen, und ich dann einige gedörrte Pflaumen entweder ihrer Güte oder meiner List zu danken hatte. Die aufgehäuften Schätze übereinander umfingen meine Einbildungskraft mit ihrer Fülle, und selbst der wunderliche Geruch, den so mancherlei Spezereien durcheinander aushauchten, hatte so eine leckere Wirkung auf mich, daß ich niemals versäumte, sooft ich in der Nähe war, mich wenigstens an der eröffneten Atmosphäre zu weiden. Dieser merkwürdige Schlüssel blieb eines Sonntagmorgens, da die Mutter von dem Geläute übereilt ward und das ganze Haus in einer tiefen Sabbatstille lag, stecken. Kaum hatte ich es bemerkt, als ich etlichemal sachte an der Wand hin- und herging, mich endlich still und fein andrängte, die Türe öffnete und mich mit einem Schritt in der Nähe so vieler langgewünschter Glückseligkeit fühlte. Ich besah Kästen, Säcke, Schachteln, Büchsen, Gläser mit einem schnellen, zweifelnden Blicke, was ich wählen und nehmen sollte, griff endlich nach den vielgeliebten gewelkten Pflaumen, versah mich mit einigen getrockneten Äpfeln und nahm genügsam noch eine eingemachte Pomeranzenschale dazu: mit welcher Beute ich meinen Weg wieder rückwärtsglitschen wollte, als mir ein paar nebeneinander stehende Kasten in die Augen fielen, aus deren einem Drähte, oben mit Häkchen versehen, durch den übel verschlossenen Schieber heraushingen. Ahnungsvoll fiel ich darüber her; und mit welcher überirdischen Empfindung entdeckte ich, daß darin meine Helden- und Freudenwelt aufeinandergepackt sei! Ich wollte die obersten aufheben, betrachten, die untersten hervorziehen; allein gar bald verwirrte ich die leichten

Drähte, kam darüber in Unruhe und Bangigkeit, besonders da die Köchin in der benachbarten Küche einige Bewegungen machte, daß ich alles, so gut ich konnte, zusammendrückte, den Kasten zuschob, nur ein geschriebenes Büchelchen, worin die Komödie von David und Goliath aufgezeichnet war, das obenauf gelegen hatte, zu mir steckte und mich mit dieser Beute leise die Treppe hinauf in eine Dachkammer rettete.

Von der Zeit an wandte ich alle verstohlenen einsamen Stunden darauf, mein Schauspiel wiederholt zu lesen, es auswendig zu lernen und mir in Gedanken vorzustellen, wie herrlich es sein müßte, wenn ich auch die Gestalten dazu mit meinen Fingern beleben könnte. Ich ward darüber in meinen Gedanken selbst zum David und Goliath. In allen Winkeln des Bodens, der Ställe, des Gartens, unter allerlei Umständen studierte ich das Stück ganz in mich hinein, ergriff alle Rollen und lernte sie auswendig, nur daß ich mich meist an den Platz der Hauptheiden zu setzen pflegte und die übrigen wie Trabanten nur im Gedächtnisse mitlaufen ließ. So lagen mir die großmütigen Reden Davids, mit denen er den übermütigen Riesen Goliath herausforderte, Tag und Nacht im Sinne; ich murmelte sie oft vor mich hin, niemand gab acht darauf als der Vater, der manchmal einen solchen Ausruf bemerkte und bei sich selbst das gute Gedächtnis seines Knaben pries, der von so wenigem Zuhören so mancherlei habe behalten können.

Hierdurch ward ich immer verwegener und rezitierte eines Abends das Stück zum größten Teile vor meiner Mutter, indem ich mir einige Wachsklümpchen zu Schauspielern bereitete. Sie merkte auf, drang in mich, und ich gestand.

Glücklicherweise fiel diese Entdeckung in die Zeit, da der Lieutenant selbst den Wunsch geäußert hatte, mich in diese Geheimnisse einweihen zu dürfen. Meine Mutter gab ihm sogleich Nachricht von dem unerwarteten Talente ihres Sohnes, und er wußte nun einzuleiten, daß man ihm ein Paar Zimmer im obersten Stocke, die gewöhnlich leer standen, überließ, in deren einem wieder die Zuschauer sitzen, in dem andern die Schauspieler sein, und das Proszenium abermals die Öffnung der Türe ausfüllen sollte. Der Vater hatte seinem Freunde das alles zu veranstalten erlaubt, er selbst schien nur durch die Finger zu sehen, nach dem Grundsatze, man müsse die Kinder nicht merken lassen, wie lieb man sie habe, sie griffen immer zu weit um sich; er meinte, man müsse bei ihren Freuden ernst scheinen und sie ihnen manchmal verderben, damit ihre Zufriedenheit sie nicht übermäßig und übermütig mache.

I. Buch, 6. Kapitel

Sechstes Kapitel

"Der Lieutenant schlug nunmehr das Theater auf und besorgte das Übrige. Ich merkte wohl, daß er die Woche mehrmals zu ungewöhnlicher Zeit ins Haus kam, und vermutete die Absicht. Meine Begierde wuchs unglaublich, da ich wohl fühlte, daß ich vor Sonnabends keinen Teil an dem, was zubereitet wurde, nehmen durfte. Endlich erschien der gewünschte Tag. Abends um fünf Uhr kam mein Führer und nahm mich mit hinauf. Zitternd vor Freude trat ich hinein und erblickte auf beiden Seiten des Gestelles die herabhängenden Puppen in der Ordnung, wie sie auftreten sollten; ich betrachtete sie sorgfältig, stieg auf den Tritt, der mich über das Theater erhub, so daß ich nun über der kleinen Welt schwebte. Ich sah nicht ohne Ehrfurcht zwischen die Brettchen hinunter, weil die Erinnerung, welche herrliche Wirkung das Ganze von außen tue, und das Gefühl, in welche Geheimnisse ich eingeweiht sei, mich umfaßten. Wir machten einen Versuch, und es ging gut.

Den andern Tag, da eine Gesellschaft Kinder geladen war, hielten wir uns trefflich, außer daß ich in dem Feuer der Aktion meinen Jonathan fallen ließ und genötigt war, mit der Hand hinunterzugreifen und ihn zu holen: ein Zufall, der die Illusion sehr unterbrach, ein großes Gelächter verursachte und mich unsäglich kränkte. Auch schien dieses Versehn dem Vater sehr willkommen zu sein, der das große Vergnügen, sein Söhnchen so fähig zu sehen, wohlbedächtig nicht an den Tag gab, nach geendigtem Stücke sich gleich an die Fehler hing und sagte, es wäre recht artig gewesen, wenn nur dies oder das nicht versagt hätte.

Mich kränkte das innig, ich ward traurig für den Abend, hatte aber am kommenden Morgen allen Verdruß schon wieder verschlafen und war in dem Gedanken selig, daß ich, außer jenem Unglück, trefflich gespielt habe. Dazu kam der Beifall der Zuschauer, welche durchaus behaupteten: obgleich der Lieutenant in Absicht der groben und feinen Stimme sehr viel getan habe, so peroriere er doch meist zu affektiert und steif; dagegen spreche der neue Anfänger seinen David und Jonathan vortrefflich; besonders lobte die Mutter den freimütigen Ausdruck, wie ich den Goliath herausgefordert und dem Könige den bescheidenen Sieger vorgestellt habe.

Nun blieb zu meiner größten Freude das Theater aufgeschlagen, und da der Frühling herbeikam und man ohne Feuer bestehen konnte, lag ich in meinen Frei- und Spielstunden in der Kammer und ließ die Puppen wacker durcheinanderspielen. Oft lud ich meine Geschwister und Kameraden hinauf; wenn sie aber auch nicht kommen wollten, war ich allein oben. Meine Einbildungskraft brütete über der kleinen Welt, die gar bald eine andere Gestalt gewann.

Ich hatte kaum das erste Stück, wozu Theater und Schauspieler geschaffen und gestempelt waren, etlichemal aufgeführt, als es mir schon keine Freude mehr machte. Dagegen waren mir unter den Büchern des Großvaters die "Deutsche Schaubühne" und verschiedene italienisch-deutsche Opern in die Hände gekommen, in die ich mich sehr vertiefte und jedesmal nur erst vorne die Personen überrechnete und dann sogleich ohne weiteres zur Aufführung des Stückes schritt. Da mußte nun König Saul in seinem schwarzen Samtkleide den Chaumigrem, Cato und Darius spielen; wobei zu bemerken ist, daß die Stücke niemals ganz, sondern meistenteils nur die fünften Akte, wo es an ein Totstechen ging, aufgeführt wurden.

Auch war es natürlich, daß mich die Oper mit ihren mannigfaltigen Veränderungen und Abenteuern mehr als alles anziehen mußte. Ich fand darin stürmische Meere, Götter, die in Wolken herabkommen, und, was mich vorzüglich glücklich machte, Blitze und Donner. Ich half mir mit Pappe, Farbe und Papier, wußte gar trefflich Nacht zu machen, der Blitz war fürchterlich anzusehen, nur der Donner gelang nicht immer, doch das hatte so viel nicht zu sagen. Auch fand sich in den Opern mehr Gelegenheit, meinen David und Goliath anzubringen, welches im regelmäßigen Drama gar nicht angehen wollte. Ich fühlte täglich mehr Anhänglichkeit für das enge Plätzchen, wo ich so manche Freude genoß; und ich gestehe, daß der Geruch, den die Puppen aus der Speisekammer an sich gezogen hatten, nicht wenig dazu beitrug.

Die Dekorationen meines Theaters waren nunmehr in ziemlicher Vollkommenheit; denn daß ich von Jugend auf ein Geschick gehabt hatte, mit dem Zirkel umzugehen, Pappe auszuschneiden und Bilder zu illuminieren, kam mir jetzt wohl zustatten. Um desto weher tat es mir, wenn mich gar oft das Personal an Ausführung großer Sachen hinderte.

Meine Schwestern, indem sie ihre Puppen aus- und ankleideten, erregten in mir den Gedanken, meinen Helden auch nach und nach bewegliche Kleider zu verschaffen. Man trennte ihnen die Läppchen vom Leibe, setzte sie, so gut man konnte, zusammen, sparte sich etwas Geld, kaufte neues Band und Flittern, bettelte sich manches Stückchen Taft zusammen und schaffte nach und nach eine Theatergarderobe an, in welcher besonders die Reifröcke für die Damen nicht vergessen waren.

Die Truppe war nun wirklich mit Kleidern für das größte Stück versehen, und man hätte denken sollen, es würde nun erst recht eine Aufführung der andern folgen; aber es ging mir, wie es den Kindern öfter zu gehen pflegt: sie fassen weite Plane, machen große Anstalten, auch wohl einige Versuche, und es bleibt alles zusammen liegen. Dieses Fehlers muß ich mich auch anklagen. Die größte Freude lag bei mir in der Erfindung und in der Beschäftigung der Einbildungskraft. Dies oder jenes Stück interessierte mich um irgendeiner Szene willen, und ich ließ gleich wieder neue Kleider dazu machen. Über solchen Anstalten waren die ursprünglichen Kleidungsstücke meiner Helden in Unordnung geraten und verschleppt worden, daß also nicht einmal das erste große Stück mehr aufgeführt werden konnte. Ich überließ mich meiner Phantasie, probierte und bereitete ewig, baute tausend Luftschlösser und spürte nicht, daß ich den Grund des kleinen Gebäudes zerstört hatte."

Während dieser Erzählung hatte Mariane alle ihre Freundlichkeit gegen Wilhelm aufgeboten, um ihre Schläfrigkeit zu verbergen. So scherzhaft die Begebenheit von einer Seite schien, so war sie ihr doch zu einfach und die Betrachtungen dabei zu ernsthaft. Sie setzte zärtlich ihren Fuß auf den Fuß des Geliebten und gab ihm scheinbare Zeichen ihrer Aufmerksamkeit und ihres Beifalls. Sie trank aus seinem Glase, und Wilhelm war überzeugt, es sei kein Wort seiner Geschichte auf die Erde gefallen. Nach einer kleinen Pause rief er aus, "Es ist nun an dir, Mariane, mir auch deine ersten jugendlichen Freuden mitzuteilen. Noch waren wir immer zu sehr mit dem Gegenwärtigen beschäftigt, als daß wir uns wechselseitig um unsere vorige Lebensweise hätten bekümmern können. Sage mir: unter welchen Umständen bist du erzogen? Welche sind die ersten lebhaften Eindrücke, deren du dich erinnerst?"

Diese Fragen würden Marianen in große Verlegenheit gesetzt haben, wenn ihr die Alte nicht sogleich zu Hülfe gekommen wäre. "Glauben Sie denn", sagte das kluge Weib, "daß wir auf das, was uns früh begegnet, so aufmerksam sind, daß wir so artige Begebenheiten zu erzählen haben und, wenn wir sie zu erzählen hätten, daß wir der Sache auch ein solches Geschick zu geben wüßten?"

"Als wenn es dessen bedürfte!" rief Wilhelm aus. "Ich liebe dieses zärtliche, gute, liebliche Geschöpf so sehr, daß mich jeder Augenblick meines Lebens verdrießt, den ich ohne sie zugebracht habe. Laß mich wenigstens durch die Einbildungskraft teil an deinem vergangenen Leben nehmen! Erzähle mir alles, ich will dir alles erzählen. Wir wollen uns wo möglich täuschen und jene für die Liebe verlornen Zeiten wiederzugewinnen suchen."

"Wenn Sie so eifrig darauf bestehen, können wir Sie wohl befriedigen", sagte die Alte. "Erzählen Sie uns nur erst, wie Ihre Liebhaberei zum Schauspiele nach und nach gewachsen sei, wie Sie sich geübt, wie Sie so glücklich zugenommen haben, daß Sie nunmehr für einen guten Schauspieler gelten können. Es hat Ihnen dabei gewiß nicht an lustigen Begebenheiten gemangelt. Es ist nicht der Mühe wert, daß wir uns zur Ruhe legen, ich habe noch eine Flasche in Reserve; und wer weiß, ob wir bald wieder so ruhig und zufrieden zusammensitzen?"

Mariane schaute mit einem traurigen Blick nach ihr auf, den Wilhelm nicht bemerkte und in seiner Erzählung fortfuhr.

## I. Buch, 7. Kapitel

### Siebentes Kapitel

"Die Zerstreuungen der Jugend, da meine Gespanschaft sich zu vermehren anfing, taten dem einsamen, stillen Vergnügen Eintrag. Ich war wechselsweise bald Jäger, bald Soldat, bald Reiter, wie es unsre Spiele mit sich brachten: doch hatte ich immer darin einen kleinen Vorzug vor den andern, daß ich imstande war, ihnen die nötigen Gerätschaften schicklich auszubilden. So waren die Schwerter meistens aus meiner Fabrik; ich verzierte und vergoldete die Schlitten, und ein geheimer Instinkt ließ mich nicht ruhen, bis ich unsre Miliz ins Antike umgeschaffen hatte. Helme wurden verfertiget, mit papiernen Büschen geschmückt, Schilde, sogar Harnische wurden gemacht, Arbeiten, bei denen die Bedienten im Hause, die etwa Schneider waren, und die Nähterinnen manche Nadel zerbrachen.

Einen Teil meiner jungen Gesellen sah ich nun wohlgerüstet; die übrigen wurden auch nach und nach, doch geringer, ausstaffiert, und es kam ein stattliches Korps zusammen. Wir marschierten in Höfen und Gärten, schlugen uns brav auf die Schilde und auf die Köpfe; es gab manche Mißhelligkeit, die aber bald beigelegt war.

Dieses Spiel, das die andern sehr unterhielt, war kaum etlichemal getrieben worden, als es mich schon nicht mehr befriedigte. Der Anblick so vieler gerüsteten Gestalten mußte in mir notwendig die Ritterideen aufreizen, die seit einiger Zeit, da ich in das Lesen alter Romane gefallen war, meinen Kopf anfüllten.

"Das befreite Jerusalem", davon mir Koppens Übersetzung in die Hände fiel, gab meinen herumschweifenden Gedanken endlich eine bestimmte Richtung. Ganz konnte ich zwar das Gedicht nicht lesen; es waren aber Stellen, die ich auswendig wußte, deren Bilder mich umschwebten. Besonders fesselte mich Chlorinde mit ihrem ganzen Tun und Lassen. Die Mannweiblichkeit, die ruhige Fülle ihres Daseins taten mehr Wirkung auf den Geist, der sich zu entwickeln anfing, als die gemachten Reize Armidens, ob ich gleich ihren Garten nicht verachtete.

Aber hundert- und hundertmal, wenn ich abends auf dem Altan, der zwischen den Giebeln des Hauses angebracht ist, spazierte, über die Gegend hinsah und von der hinabgewichenen Sonne ein zitternder Schein am Horizont heraufdämmerte, die Sterne hervortraten, aus allen Winkeln und Tiefen die Nacht hervordrang und der klingende Ton der Grillen durch die feierliche Stille schrillte, sagte ich mir die Geschichte des traurigen Zweikampfs zwischen Tankred und Chlorinden vor.

Sosehr ich, wie billig, von der Partei der Christen war, stand ich doch der heidnischen Heldin mit ganzem Herzen bei, als sie unternahm, den großen Turm der Belagerer anzuzünden. Und wie nun Tankred dem vermeinten Krieger in der Nacht begegnet, unter der düstern Hülle der Streit beginnt und sie gewaltig kämpfen!--Ich konnte nie die Worte aussprechen:

"Allein das Lebensmaß Chlorindens ist nun voll,
Und ihre Stunde kommt,
in der sie sterben soll!",

daß mir nicht die Tränen in die Augen kamen, die reichlich flossen, wie der unglückliche Liebhaber ihr das Schwert in die Brust stößt, der

Sinkenden den Helm löst, sie erkennt und zur Taufe bebend das Wasser holt.

Aber wie ging mir das Herz über, wenn in dem bezauberten Walde Tankredens Schwert den Baum trifft, Blut nach dem Hiebe fließt und eine Stimme ihm in die Ohren tönt, daß er auch hier Chlorinden verwunde, daß er vom Schicksal bestimmt sei, das, was er liebt, überall unwissend zu verletzen!

Es bemächtigte sich die Geschichte meiner Einbildungskraft so, daß sich mir, was ich von dem Gedichte gelesen hatte, dunkel zu einem Ganzen in der Seele bildete, von dem ich dergestalt eingenommen war, daß ich es auf irgendeine Weise vorzustellen gedachte. Ich wollte Tankreden und Reinalden spielen und fand dazu zwei Rüstungen ganz bereit, die ich schon gefertiget hatte. Die eine, von dunkelgrauem Papier mit Schuppen, sollte den ernsten Tankred, die andere, von Silber- und Goldpapier, den glänzenden Reinald zieren. In der Lebhaftigkeit meiner Vorstellung erzählte ich alles meinen Gespanen, die davon ganz entzückt wurden und nur nicht wohl begreifen konnten, daß das alles aufgeführt, und zwar von ihnen aufgeführt werden sollte.

Diesen Zweifeln half ich mit vieler Leichtigkeit ab. Ich disponierte gleich über ein paar Zimmer in eines benachbarten Gespielen Haus, ohne zu berechnen, daß die alte Tante sie nimmermehr hergeben würde; ebenso war es mit dem Theater, wovon ich auch keine bestimmte Idee hatte, außer daß man es auf Balken setzen, die Kulissen von geteilten spanischen Wänden hinstellen und zum Grund ein großes Tuch nehmen müsse. Woher aber die Materialien und Gerätschaften kommen sollten, hatte ich nicht bedacht.

Für den Wald fanden wir eine gute Auskunft: wir gaben einem alten Bedienten aus einem der Häuser, der nun Förster geworden war, gute Worte, daß er uns junge Birken und Fichten schaffen möchte, die auch wirklich geschwinder, als wir hoffen konnten, herbeigebracht wurden. Nun aber fand man sich in großer Verlegenheit, wie man das Stück, eh die Bäume verdorrten, zustande bringen könne. Da war guter Rat teuer! Es fehlte an Platz, am Theater, an Vorhängen. Die spanischen Wände waren das einzige, was wir hatten.

In dieser Verlegenheit gingen wir wieder den Lieutenant an, dem wir eine weitläufige Beschreibung von der Herrlichkeit machten, die es geben sollte. Sowenig er uns begriff, so behilflich war er, schob in eine kleine Stube, was sich von Tischen im Hause und der Nachbarschaft nur finden wollte, aneinander, stellte die Wände darauf, machte eine hintere Aussicht von grünen Vorhängen, die Bäume wurden auch gleich mit in die Reihe gestellt.

Indessen war es Abend geworden, man hatte die Lichter angezündet, die Mägde und Kinder saßen auf ihren Plätzen, das Stück sollte angehn, die ganze Heldenschar war angezogen; nun spürte aber jeder zum erstenmal, daß er nicht wisse, was er zu sagen habe. In der Hitze der Erfindung, da ich ganz von meinem Gegenstande durchdrungen war, hatte ich vergessen, daß doch jeder wissen müsse, was und wo er es zu sagen habe; und in der Lebhaftigkeit der Ausführung war es den übrigen auch nicht beigefallen: sie glaubten, sie würden sich leicht als Helden darstellen, leicht so handeln und reden können wie die Personen, in deren Welt ich sie versetzt hatte. Sie standen alle erstaunt, fragten sich einander, was zuerst kommen sollte, und ich, der ich mich als Tankred vornean gedacht hatte, fing, allein auftretend, einige Verse aus dem Heldengedichte herzusagen an. Weil aber die Stelle gar zu bald ins Erzählende überging und ich in meiner eignen Rede endlich als dritte Person vorkam, auch der Gottfried, von dem die Sprache war, nicht herauskommen wollte, so mußte ich unter großem Gelächter meiner Zuschauer eben wieder abziehen: ein Unfall, der mich tief in der Seele kränkte. Verunglückt war die Expedition; die Zuschauer saßen da und wollten etwas sehen. Gekleidet waren wir; ich raffte mich zusammen und entschloß mich kurz und gut, "David und Goliath" zu spielen. Einige der Gesellschaft hatten ehemals das Puppenspiel mit mir aufgeführt, alle hatten es oft gesehn; man teilte die Rollen aus, es versprach jeder, sein Bestes zu tun, und ein kleiner drolliger Junge malte sich einen schwarzen Bart, um, wenn ja eine Lücke einfallen sollte, sie als Hanswurst mit einer Posse auszufüllen, eine Anstalt, die ich, als dem Ernste des Stückes zuwider, sehr ungern geschehen ließ. Doch schwur ich mir, wenn ich nur einmal aus dieser Verlegenheit gerettet wäre, mich nie, als mit der größten Überlegung, an die Vorstellung eines Stücks zu wagen."

I. Buch, 8. Kapitel

## Achtes Kapitel

Mariane, vom Schlaf überwältigt, lehnte sich an ihren Geliebten, der sie fest an sich drückte und in seiner Erzählung fortfuhr, indes die Alte den Überrest des Weins mit gutem Bedachte genoß.

"Die Verlegenheit", sagte er, "in der ich mich mit meinen Freunden befunden hatte, indem wir ein Stück, das nicht existierte, zu spielen unternahmen, war bald vergessen. Meiner Leidenschaft, jeden Roman, den ich las, jede Geschichte, die man mich lehrte, in einem Schauspiele darzustellen, konnte selbst der unbiegsamste Stoff nicht widerstehen. Ich war völlig überzeugt, daß alles, was in der Erzählung ergötzte, vorgestellt eine viel größere Wirkung tun müsse; alles sollte vor meinen Augen, alles auf der Bühne vorgehen. Wenn uns in der Schule die Weltgeschichte vorgetragen wurde, zeichnete ich mir sorgfältig aus, wo einer auf eine besondere Weise erstochen oder vergiftet wurde, und meine Einbildungskraft sah über Exposition und Verwicklung hinweg und eilte dem interessanten fünften Akte zu. So fing ich auch wirklich an, einige Stücke von hinten hervor zu schreiben, ohne daß ich auch nur bei einem einzigen bis zum Anfange gekommen wäre.

Zu gleicher Zeit las ich, teils aus eignem Antrieb, teils auf Veranlassung meiner guten Freunde, welche in den Geschmack gekommen waren, Schauspiele aufzuführen, einen ganzen Wust theatralischer Produktionen durch, wie sie der Zufall mir in die Hände führte. Ich war in den glücklichen Jahren, wo uns noch alles gefällt, wo wir in der Menge und Abwechslung unsre Befriedigung finden. Leider aber ward mein Urteil noch auf eine andere Weise bestochen. Die Stücke gefielen mir besonders, in denen ich zu gefallen hoffte, und es waren wenige, die ich nicht in dieser angenehmen Täuschung durchlas; und meine lebhafte Vorstellungskraft, da ich mich in alle Rollen denken konnte, verführte mich zu glauben, daß ich auch alle darstellen würde; gewöhnlich wählte ich daher bei der Austeilung diejenigen, welche sich gar nicht für mich schickten, und, wenn es nur einigermaßen angehn wollte, wohl gar ein paar Rollen.

Kinder wissen beim Spiele aus allem alles zu machen; ein Stab wird zur Flinte, ein Stückchen Holz zum Degen, jedes Bündelchen zur Puppe und jeder Winkel zur Hütte. In diesem Sinne entwickelte sich unser Privattheater. Bei der völligen Unkenntnis unserer Kräfte unternahmen wir alles, bemerkten kein quid pro quo und waren überzeugt, jeder müsse uns dafür nehmen, wofür wir uns gaben. Leider ging alles einen so gemeinen Gang, daß mir nicht einmal eine merkwürdige Albernheit zu erzählen übrigbleibt. Erst spielten wir die wenigen Stücke durch, in welchen nur Mannspersonen auftreten; dann verkleideten wir einige aus unserm Mittel und zogen zuletzt die Schwestern mit ins Spiel. In einigen Häusern hielt man es für eine nützliche Beschäftigung und lud Gesellschaften darauf. Unser Artillerielieutenant verließ uns auch hier nicht. Er zeigte uns, wie wir kommen und gehen, deklamieren und gestikulieren sollten; allein er erntete für seine Bemühung meistens wenig Dank, indem wir die theatralischen Künste schon besser als er zu verstehen glaubten.

Wir verfielen gar bald auf das Trauerspiel: denn wir hatten oft sagen hören und glaubten selbst, es sei leichter, eine Tragödie zu schreiben und vorzustellen, als im Lustspiele vollkommen zu sein. Auch fühlten wir uns beim ersten tragischen Versuche ganz in unserm Elemente; wir suchten uns der Höhe des Standes, der Vortrefflichkeit der Charaktere durch Steifheit und Affektation zu nähern und dünkten uns durchaus nicht wenig; allein vollkommen glücklich waren wir nur, wenn wir recht rasen, mit den Füßen stampfen und uns wohl gar vor Wut und Verzweiflung auf die Erde werfen durften.

Knaben und Mädchen waren in diesen Spielen nicht lange beisammen, als die Natur sich zu regen und die Gesellschaft sich in verschiedene kleine Liebesgeschichten zu teilen anfing, da denn meistenteils Komödie in der Komödie gespielt wurde. Die glücklichen Paare drückten sich hinter den Theaterwänden die Hände auf das zärtlichste; sie verschwammen in Glückseligkeit, wenn sie einander, so bebändert und aufgeschmückt, recht idealisch vorkamen, indes gegenüber die unglücklichen Nebenbuhler sich vor Neid verzehrten und mit Trotz und Schadenfreude allerlei Unheil anrichteten.

Diese Spiele, obgleich ohne Verstand unternommen und ohne Anleitung durchgeführt, waren doch nicht ohne Nutzen für uns. Wir übten unser Gedächtnis und unsern Körper und erlangten mehr Geschmeidigkeit im Sprechen und Betragen, als man sonst in so frühen Jahren gewinnen kann. Für mich aber war jene Zeit besonders Epoche, mein Geist richtete sich ganz nach dem Theater, und ich fand kein größer Glück, als Schauspiele zu lesen, zu schreiben und zu spielen.

Der Unterricht meiner Lehrer dauerte fort; man hatte mich dem Handelsstand gewidmet und zu unserm Nachbar auf das Comptoir getan; aber eben zu selbiger Zeit entfernte sich mein Geist nur gewaltsamer von allem, was ich für ein niedriges Geschäft halten mußte. Der Bühne wollte ich meine ganze Tätigkeit widmen, auf ihr mein Glück und meine Zufriedenheit finden.

Ich erinnere mich noch eines Gedichtes, das sich unter meinen Papieren finden muß, in welchem die Muse der tragischen Dichtkunst und eine andere Frauengestalt, in der ich das Gewerbe personifiziert hatte, sich um meine werte Person recht wacker zanken. Die Erfindung ist gemein, und ich erinnere mich nicht, ob die Verse etwas taugen; aber ihr sollt es sehen, um der Furcht, des Abscheues, der Liebe und der Leidenschaft willen, die darin herrschen. Wie ängstlich hatte ich die alte Hausmutter geschildert mit dem Rocken im Gürtel, mit Schlüsseln an der Seite, Brillen auf der Nase, immer fleißig, immer in Unruhe, zänkisch und haushältisch, kleinlich und beschwerlich! Wie kümmerlich beschrieb ich den Zustand dessen, der sich unter ihrer Rute bücken und sein knechtisches Tagewerk im Schweiße des Angesichtes verdienen sollte!

Wie anders trat jene dagegen auf! Welche Erscheinung ward sie dem bekümmerten Herzen! Herrlich gebildet, in ihrem Wesen und Betragen als eine Tochter der Freiheit anzusehen. Das Gefühl ihrer selbst gab ihr Würde ohne Stolz; ihre Kleider ziemten ihr, sie umhüllten jedes Glied, ohne es zu zwängen, und die reichlichen Falten des Stoffes wiederholten wie ein tausendfaches Echo die reizenden Bewegungen der Göttlichen. Welch ein Kontrast! Und auf welche Seite sich mein Herz wandte, kannst du leicht denken. Auch war nichts vergessen, um meine Muse kenntlich zu machen. Kronen und Dolche, Ketten und Masken, wie sie mir meine Vorgänger überliefert hatten, waren ihr auch hier zugeteilt. Der Wettstreit war heftig, die Reden beider Personen kontrastierten gehörig, da man im vierzehnten Jahre gewöhnlich das Schwarze und Weiße recht nah aneinander zu malen pflegt. Die Alte redete, wie es einer Person geziemt, die eine Stecknadel aufhebt, und jene wie eine, die Königreiche verschenkt. Die warnenden Drohungen der Alten wurden verschmäht; ich sah die mir versprochenen Reichtümer schon mit dem Rücken an: enterbt und nackt übergab ich mich der Muse, die mir ihren goldnen Schleier zuwarf und meine Blöße bedeckte.-Hätte ich denken können, o meine Geliebte!" rief er aus, indem er Marianen fest an sich drückte, "daß eine ganz andere, eine lieblichere Gottheit kommen, mich in meinem Vorsatz stärken, mich auf meinem Wege begleiten würde; welch eine schönere Wendung würde mein Gedicht genommen haben, wie interessant würde nicht der Schluß desselben geworden sein! Doch es ist kein Gedicht, es ist Wahrheit und Leben, was ich in deinen Armen finde; laß uns das süße Glück mit Bewußtsein genießen!"

Durch den Druck seines Armes, durch die Lebhaftigkeit seiner erhöhten Stimme war Mariane erwacht und verbarg durch Liebkosungen ihre Verlegenheit: denn sie hatte auch nicht ein Wort von dem letzten Teile seiner Erzählung vernommen, und es ist zu wünschen, daß unser Held für seine Lieblingsgeschichten aufmerksamere Zuhörer künftig finden möge.

## I. Buch, 9. Kapitel

### Neuntes Kapitel

So brachte Wilhelm seine Nächte im Genusse vertraulicher Liebe, seine Tage in Erwartung neuer seliger Stunden zu. Schon zu jener Zeit, als ihn Verlangen und Hoffnung zu Marianen hinzog, fühlte er sich wie neu belebt, er fühlte, daß er ein anderer Mensch zu werden beginne; nun war er mit ihr vereinigt, die Befriedigung seiner Wünsche ward eine reizende Gewohnheit. Sein Herz strebte, den Gegenstand seiner Leidenschaft zu veredeln, sein Geist, das geliebte Mädchen mit sich emporzuheben. In der kleinsten Abwesenheit ergriff ihn ihr Andenken. War sie ihm sonst notwendig gewesen, so war sie ihm jetzt unentbehrlich, da er mit allen Banden der Menschheit an sie geknüpft war. Seine reine Seele fühlte, daß sie die Hälfte, mehr als die Hälfte seiner selbst sei. Er war dankbar und hingegeben ohne Grenzen.

Auch Mariane konnte sich eine Zeitlang täuschen; sie teilte die Empfindung seines lebhaften Glücks mit ihm. Ach! wenn nur nicht manchmal die kalte Hand des Vorwurfs ihr über das Herz gefahren wäre! Selbst an dem Busen Wilhelms war sie nicht sicher davor, selbst unter den Flügeln seiner Liebe. Und wenn sie nun gar wieder allein war und aus den Wolken, in denen seine Leidenschaft sie emportrug, in das Bewußtsein ihres Zustandes herabsank, dann war sie zu bedauern. Denn Leichtsinn kam ihr zu Hülfe, solange sie in niedriger Verworrenheit lebte, sich über ihre Verhältnisse betrog oder vielmehr sie nicht kannte; da erschienen ihr die Vorfälle, denen sie ausgesetzt war, nur einzeln: Vergnügen und Verdruß lösten sich ab, Demütigung wurde durch Eitelkeit, und Mangel oft durch augenblicklichen Überfluß vergütet; sie konnte Not und Gewohnheit sich als Gesetz und Rechtfertigung anführen, und so lange ließen sich alle unangenehmen Empfindungen von Stunde zu Stunde, von Tag zu Tage abschütteln. Nun aber hatte das arme Mädchen sich Augenblicke in eine bessere Welt hinübergerückt gefühlt, hatte wie von oben herab aus Licht und Freude ins öde, Verworfene ihres Lebens heruntergesehen, hatte gefühlt, welche elende Kreatur ein Weib ist, das mit dem Verlangen nicht zugleich Liebe und Ehrfurcht einflößt, und fand sich äußerlich und innerlich um nichts gebessert. Sie hatte nichts, was sie aufrichten konnte. Wenn sie in sich blickte und suchte, war es in ihrem Geiste leer, und ihr Herz hatte keinen Widerhalt. Je trauriger dieser Zustand war, desto heftiger schloß sich ihre Neigung an den Geliebten fest; ja die Leidenschaft wuchs mit jedem Tage, wie die Gefahr, ihn zu verlieren, mit jedem Tage näherrückte.

Dagegen schwebte Wilhelm glücklich in höheren Regionen, ihm war auch eine neue Welt aufgegangen, aber reich an herrlichen Aussichten. Kaum ließ das Übermaß der ersten Freude nach, so stellte sich das hell vor seine Seele, was ihn bisher dunkel durchwühlt hatte. "Sie ist dein! Sie hat sich dir hingegeben! Sie, das geliebte, gesuchte, angebetete Geschöpf, dir auf Treu und Glauben hingegeben; aber sie hat sich keinem Undankbaren überlassen." Wo er stand und ging, redete er mit sich selbst; sein Herz floß beständig über, und er sagte sich in einer Fülle von prächtigen Worten die erhabensten Gesinnungen vor. Er glaubte den hellen Wink des Schicksals zu verstehen, das ihm durch Marianen die Hand reichte, sich aus dem stockenden, schleppenden bürgerlichen Leben herauszureißen, aus dem er schon so lange sich zu retten gewünscht hatte. Seines Vaters Haus, die Seinigen zu verlassen schien ihm etwas Leichtes. Er war jung und neu in der Welt, und sein Mut, in ihren Weiten nach Glück und Befriedigung zu rennen, durch die Liebe erhöht. Seine Bestimmung zum Theater war ihm nunmehr klar; das hohe Ziel, das er sich vorgesteckt sah, schien ihm näher, indem er an Marianens Hand hinstrebte, und in selbstgefälliger Bescheidenheit erblickte er in sich den trefflichen Schauspieler, den Schöpfer eines künftigen Nationaltheaters, nach dem er so vielfältig hatte seufzen hören. Alles, was in den innersten Winkeln seiner Seele bisher geschlummert hatte, wurde rege. Er bildete aus den vielerlei Ideen mit Farben der Liebe ein Gemälde auf Nebelgrund, dessen Gestalten freilich sehr ineinanderflossen; dafür aber auch das Ganze eine desto reizendere Wirkung tat.

I. Buch, 10. Kapitel

Zehntes Kapitel

Er saß nun zu Hause, kramte unter seinen Papieren und rüstete sich zur Abreise. Was nach seiner bisherigen Bestimmung schmeckte, ward beiseite gelegt; er wollte bei seiner Wanderung in die Welt auch von jeder unangenehmen Erinnerung frei sein. Nur Werke des Geschmacks, Dichter und Kritiker, wurden als bekannte Freunde unter die Erwählten gestellt; und da er bisher die Kunstrichter sehr wenig genutzt hatte, so erneuerte sich seine Begierde nach Belehrung, als er seine Bücher wieder durchsah und fand, daß die theoretischen Schriften noch meist unaufgeschnitten waren. Er hatte sich, in der völligen Überzeugung von der Notwendigkeit solcher Werke, viele davon angeschafft und mit dem besten Willen in keines auch nur bis in die Hälfte sich hineinlesen können.

Dagegen hatte er sich desto eifriger an Beispiele gehalten und in allen Arten, die ihm bekannt worden waren, selbst Versuche gemacht.

Werner trat herein, und als er seinen Freund mit den bekannten Heften beschäftigt sah, rief er aus: "Bist du schon wieder über diesen Papieren? Ich wette, du hast nicht die Absicht, eins oder das andere zu vollenden! Du siehst sie durch und wieder durch und beginnst allenfalls etwas Neues."

"Zu vollenden ist nicht die Sache des Schülers, es ist genug, wenn er sich übt."

"Aber doch fertigmacht, so gut er kann."

"Und doch ließe sich wohl die Frage aufwerfen, ob man nicht eben gute Hoffnung von einem jungen Menschen fassen könne, der bald gewahr wird, wenn er etwas Ungeschicktes unternommen hat, in der Arbeit nicht fortfährt und an etwas, das niemals einen Wert haben kann, weder Mühe noch Zeit verschwenden mag."

"Ich weiß wohl, es war nie deine Sache, etwas zustande zu bringen, du warst immer müde, eh es zur Hälfte kam. Da du noch Direktor unsers Puppenspiels warst, wie oft wurden neue Kleider für die Zwerggesellschaft gemacht, neue Dekorationen ausgeschnitten? Bald sollte dieses, bald jenes Trauerspiel aufgeführt werden, und höchstens gabst du einmal den fünften Akt, wo alles recht bunt durcheinanderging und die Leute sich erstachen."

"Wenn du von jenen Zeiten sprechen willst, wer war denn schuld, daß wir die Kleider, die unsern Puppen angepaßt und auf den Leib festgenäht waren, heruntertrennen ließen und den Aufwand einer weitläufigen und unnützen Garderobe machten? Warst du's nicht, der immer ein neues Stück Band zu verhandeln hatte, der meine Liebhaberei anzufeuern und zu nützen wußte?"

Werner lachte und rief aus: "Ich erinnere mich immer noch mit Freuden, daß ich von euren theatralischen Feldzügen Vorteil zog wie Lieferanten vom Kriege. Als ihr euch zur Befreiung Jerusalems rüstetet, machte ich auch einen schönen Profit wie ehemals die Venezianer im ähnlichen Falle. Ich finde nichts vernünftiger in der Welt, als von den Torheiten anderer Vorteil zu ziehen."

"Ich weiß nicht, ob es nicht ein edleres Vergnügen wäre, die Menschen von ihren Torheiten zu heilen."

"Wie ich sie kenne, möchte das wohl ein eitles Bestreben sein. Es gehört schon etwas dazu, wenn ein einziger Mensch klug und reich werden soll, und meistens wird er es auf Unkosten der andern."

"Es fällt mir eben recht der 'Jüngling am Scheidewege' in die Hände", versetzte Wilhelm, indem er ein Heft aus den übrigen Papieren herauszog, "das ist doch fertig geworden, es mag übrigens sein, wie es will."

"Leg es beiseite, wirf es ins Feuer!" versetzte Werner. "Die Erfindung ist nicht im geringsten lobenswürdig; schon vormals ärgerte mich diese Komposition genug und zog dir den Unwillen des Vaters zu. Es mögen ganz artige Verse sein; aber die Vorstellungsart ist grundfalsch. Ich erinnere mich noch deines personifizierten Gewerbes, deiner zusammengeschrumpften, erbärmlichen Sibylle. Du magst das Bild in irgendeinem elenden Kramladen aufgeschnappt haben. Von der Handlung hattest du damals keinen Begriff; ich wüßte nicht, wessen

Geist ausgebreiteter wäre, ausgebreiteter sein müßte als der Geist eines echten Handelsmannes. Welchen Überblick verschafft uns nicht die Ordnung, in der wir unsere Geschäfte führen! Sie läßt uns jederzeit das Ganze überschauen, ohne daß wir nötig hätten, uns durch das Einzelne verwirren zu lassen. Welche Vorteile gewährt die doppelte Buchhaltung dem Kaufmanne! Es ist eine der schönsten Erfindungen des menschlichen Geistes, und ein jeder gute Haushalter sollte sie in seiner Wirtschaft einführen."

"Verzeih mir", sagte Wilhelm lächelnd, "du fängst von der Form an, als wenn das die Sache wäre; gewöhnlich vergeßt ihr aber auch über eurem Addieren und Bilanzieren das eigentliche Fazit des Lebens."

"Leider siehst du nicht, mein Freund, wie Form und Sache hier nur eins ist, eins ohne das andere nicht bestehen könnte. Ordnung und Klarheit vermehrt die Lust zu sparen und zu erwerben. Ein Mensch, der übel haushält, befindet sich in der Dunkelheit sehr wohl; er mag die Posten nicht gerne zusammenrechnen, die er schuldig ist. Dagegen kann einem guten Wirte nichts angenehmer sein, als sich alle Tage die Summe seines wachsenden Glückes zu ziehen. Selbst ein Unfall, wenn er ihn verdrießlich überrascht, erschreckt ihn nicht; denn er weiß sogleich, was für erworbene Vorteile er auf die andere Waagschale zu legen hat. Ich bin überzeugt, mein lieber Freund, wenn du nur einmal einen rechten Geschmack an unsern Geschäften finden könntest, so würdest du dich überzeugen, daß manche Fähigkeiten des Geistes auch dabei ihr freies Spiel haben können."

"Es ist möglich, daß mich die Reise, die ich vorhabe, auf andere Gedanken bringt."

"O gewiß! Glaube mir, es fehlt dir nur der Anblick einer großen Tätigkeit, um dich auf immer zu dem Unsern zu machen; und wenn du zurückkommst, wirst du dich gern zu denen gesellen, die durch alle Arten von Spedition und Spekulation einen Teil des Geldes und Wohlbefindens, das in der Welt seinen notwendigen Kreislauf führt, an sich zu reißen wissen. Wirf einen Blick auf die natürlichen und künstlichen Produkte aller Weltteile, betrachte, wie sie wechselsweise zur Notdurft geworden sind! Welch eine angenehme, geistreiche Sorgfalt ist es, alles, was in dem Augenblicke am meisten gesucht wird und doch bald fehlt, bald schwer zu haben ist, zu kennen, jedem, was er verlangt, leicht und schnell zu verschaffen, sich vorsichtig in Vorrat zu setzen und den Vorteil jedes Augenblickes dieser großen

Zirkulation zu genießen! Dies ist, dünkt mich, was jedem, der Kopf hat, eine große Freude machen wird."

Wilhelm schien nicht abgeneigt, und Werner fuhr fort: "Besuche nur erst ein paar große Handelsstädte, ein paar Häfen, und du wirst gewiß mit fortgerissen werden. Wenn du siehst, wie viele Menschen beschäftigt sind; wenn du siehst, wo so manches herkommt, wo es hingeht, so wirst du es gewiß auch mit Vergnügen durch deine Hände gehen sehen. Die geringste Ware siehst du im Zusammenhange mit dem ganzen Handel, und eben darum hältst du nichts für gering, weil alles die Zirkulation vermehrt, von welcher dein Leben seine Nahrung zieht."

Werner, der seinen richtigen Verstand in dem Umgange mit Wilhelm ausbildete, hatte sich gewöhnt, auch an sein Gewerbe, an seine Geschäfte mit Erhebung der Seele zu denken, und glaubte immer, daß er es mit mehrerem Rechte tue als sein sonst verständiger und geschätzter Freund, der, wie es ihm schien, auf das Unreellste von der Welt einen so großen Wert und das Gewicht seiner ganzen Seele legte. Manchmal dachte er, es könne gar nicht fehlen, dieser falsche Enthusiasmus müsse zu überwältigen und ein so guter Mensch auf den rechten Weg zu bringen sein. In dieser Hoffnung fuhr er fort: "Es haben die Großen dieser Welt sich der Erde bemächtiget, sie leben in Herrlichkeit und Überfluß. Der kleinste Raum unsers Weltteils ist schon in Besitz genommen, jeder Besitz befestigt, Ämter und andere bürgerliche Geschäfte tragen wenig ein; wo gibt es nun noch einen rechtmäßigeren Erwerb, eine billigere Eroberung als den Handel? Haben die Fürsten dieser Welt die Flüsse, die Wege, die Häfen in ihrer Gewalt und nehmen von dem, was durch- und vorbeigeht, einen starken Gewinn: sollen wir nicht mit Freuden die Gelegenheit ergreifen und durch unsere Tätigkeit auch Zoll von jenen Artikeln nehmen, die teils das Bedürfnis, teils der Übermut den Menschen unentbehrlich gemacht hat? Und ich kann dir versichern, wenn du nur deine dichterische Einbildungskraft anwenden wolltest, so könntest du meine Göttin als eine unüberwindliche Siegerin der deinigen kühn entgegenstellen. Sie führt freilich lieber den Ölzweig als das Schwert; Dolch und Ketten kennt sie gar nicht: aber Kronen teilet sie auch ihren Lieblingen aus, die, es sei ohne Verachtung jener gesagt, von echtem, aus der Quelle geschöpftem Golde und von Perlen glänzen, die sie aus der Tiefe des Meeres durch ihre immer geschäftigen Diener geholt hat."

Wilhelmen verdroß dieser Ausfall ein wenig, doch verbarg er seine Empfindlichkeit; denn er erinnerte sich, daß Werner auch seine

Apostrophen mit Gelassenheit anzuhören pflegte. Übrigens war er billig genug, um gerne zu sehen, wenn jeder von seinem Handwerk aufs beste dachte; nur mußte man ihm das seinige, dem er sich mit Leidenschaft gewidmet hatte, unangefochten lassen.

"Und dir", rief Werner aus, "der du an menschlichen Dingen so herzlichen Anteil nimmst, was wird es dir für ein Schauspiel sein, wenn du das Glück, das mutige Unternehmungen begleitet, vor deinen Augen den Menschen wirst gewährt sehen! Was ist reizender als der Anblick eines Schiffes, das von einer glücklichen Fahrt wieder anlangt, das von einem reichen Fange frühzeitig zurückkehrt! Nicht der Verwandte, der Bekannte, der Teilnehmer allein, ein jeder fremde Zuschauer wird hingerissen, wenn er die Freude sieht, mit welcher der eingesperrte Schiffer ans Land springt, noch ehe sein Fahrzeug es ganz berührt, sich wieder frei fühlt und nunmehr das, was er dem falschen Wasser entzogen, der getreuen Erde anvertrauen kann. Nicht in Zahlen allein, mein Freund, erscheint uns der Gewinn; das Glück ist die Göttin der lebendigen Menschen, und um ihre Gunst wahrhaft zu empfinden, muß man leben und Menschen sehen, die sich recht lebendig bemühen und recht sinnlich genießen."

## I. Buch, 11. Kapitel

### Elftes Kapitel

Es ist nun Zeit, daß wir auch die Väter unsrer beiden Freunde näher kennenlernen; ein paar Männer von sehr verschiedener Denkungsart, deren Gesinnungen aber darin übereinkamen, daß sie den Handel für das edelste Geschäft hielten und beide höchst aufmerksam auf jeden Vorteil waren, den ihnen irgend eine Spekulation bringen konnte. Der alte Meister hatte gleich nach dem Tode seines Vaters eine kostbare Sammlung von Gemälden, Zeichnungen, Kupferstichen und Antiquitäten ins Geld gesetzt, sein Haus nach dem neuesten Geschmacke von Grund aus aufgebaut und möbliert und sein übriges Vermögen auf alle mögliche Weise gelten gemacht. Einen ansehnlichen Teil davon hatte er dem alten Werner in die Handlung gegeben, der als ein tätiger Handelsmann berühmt war und dessen Spekulationen gewöhnlich durch das Glück begünstigt wurden. Nichts wünschte aber der alte Meister so sehr, als seinem Sohne Eigenschaften zu geben, die ihm selbst fehlten, und seinen Kindern Güter zu hinterlassen, auf deren Besitz er den größten Wert legte. Zwar empfand er eine besondere Neigung zum Prächtigen, zu dem, was in die Augen fällt, das aber auch zugleich einen innern Wert und eine Dauer haben sollte. In seinem Hause mußte alles solid und massiv sein, der Vorrat reichlich, das Silbergeschirr schwer, das Tafelservice kostbar; dagegen waren die Gäste selten, denn eine jede Mahlzeit ward ein Fest, das sowohl wegen der Kosten als wegen der Unbequemlichkeit nicht oft wiederholt werden konnte. Sein Haushalt ging einen gelassenen und einförmigen Schritt, und alles, was sich darin bewegte und erneuerte, war gerade das, was niemandem einigen Genuß gab.

Ein ganz entgegengesetztes Leben führte der alte Werner in einem dunkeln und finstern Hause. Hatte er seine Geschäfte in der engen Schreibstube am uralten Pulte vollendet, so wollte er gut essen und womöglich noch besser trinken, auch konnte er das Gute nicht allein genießen: neben seiner Familie mußte er seine Freunde, alle Fremden, die nur mit seinem Hause in einiger Verbindung standen, immer bei Tische sehen; seine Stühle waren uralt, aber er lud täglich jemanden ein, darauf zu sitzen. Die guten Speisen zogen die Aufmerksamkeit der Gäste auf sich, und niemand bemerkte, daß sie in gemeinem Geschirr aufgetragen wurden. Sein Keller hielt nicht viel Wein, aber der ausgetrunkene ward gewöhnlich durch einen bessern ersetzt.

So lebten die beiden Väter, welche öfter zusammenkamen, sich wegen gemeinschaftlicher Geschäfte beratschlagten und eben heute die Versendung Wilhelms in Handelsangelegenheiten beschlossen.

"Er mag sich in der Welt umsehen", sagte der alte Meister, "und zugleich unsre Geschäfte an fremden Orten betreiben; man kann einem jungen Menschen keine größere Wohltat erweisen, als wenn man ihn zeitig in die Bestimmung seines Lebens einweiht. Ihr Sohn ist von seiner Expedition so glücklich zurückgekommen, hat seine Geschäfte so gut zu machen gewußt, daß ich recht neugierig bin, wie sich der meinige beträgt; ich fürchte, er wird mehr Lehrgeld geben als der Ihrige."

Der alte Meister, welcher von seinem Sohne und dessen Fähigkeiten einen großen Begriff hatte, sagte diese Worte in Hoffnung, daß sein Freund ihm widersprechen und die vortrefflichen Gaben des jungen Mannes herausstreichen sollte. Allein hierin betrog er sich; der alte Werner, der in praktischen Dingen niemandem traute als dem, den er geprüft hatte, versetzte gelassen: "Man muß alles versuchen; wir können ihn ebendenselben Weg schicken, wir geben ihm eine Vorschrift, wonach er sich richtet; es sind verschiedene Schulden einzukassieren, alte Bekanntschaften zu erneuern, neue zu machen. Er kann auch die Spekulation, mit der ich Sie neulich unterhielt, befördern helfen; denn ohne genaue Nachrichten an Ort und Stelle zu sammeln, läßt sich dabei wenig tun."

"Er mag sich vorbereiten", versetzte der alte Meister, "und so bald als möglich aufbrechen. Wo nehmen wir ein Pferd für ihn her, das sich zu dieser Expedition schickt?"

"Wir werden nicht weit danach suchen. Ein Krämer in H***, der uns noch einiges schuldig, aber sonst ein guter Mann ist, hat mir eins an Zahlungs Statt angeboten; mein Sohn kennt es, es soll ein recht brauchbares Tier sein."

"Er mag es selbst holen, mag mit dem Postwagen hinüberfahren, so ist er übermorgen beizeiten wieder da, man macht ihm indessen den Mantelsack und die Briefe zurechte, und so kann er zu Anfang der künftigen Woche aufbrechen."

Wilhelm wurde gerufen, und man machte ihm den Entschluß bekannt. Wer war froher als er, da er die Mittel zu seinem Vorhaben in seinen Händen sah, da ihm die Gelegenheit ohne sein Mitwirken zubereitet worden! So groß war seine Leidenschaft, so rein seine Überzeugung, er handle vollkommen recht, sich dem Drucke seines bisherigen Lebens zu entziehen und einer neuen, edlern Bahn zu folgen, daß sein Gewissen sich nicht im mindesten regte, keine Sorge in ihm entstand, ja daß er vielmehr diesen Betrug für heilig hielt. Er war gewiß, daß ihn Eltern und Verwandte in der Folge für diesen Schritt preisen und segnen sollten, er erkannte den Wink eines leitenden Schicksals an diesen zusammentreffenden Umständen.

Wie lang ward ihm die Zeit bis zur Nacht, bis zur Stunde, in der er seine Geliebte wiedersehen sollte! Er saß auf seinem Zimmer und überdachte seinen Reiseplan, wie ein künstlicher Dieb oder Zauberer in der Gefangenschaft manchmal die Füße aus den festgeschlossenen Ketten herauszieht, um die Überzeugung bei sich zu nähren, daß seine Rettung möglich, ja noch näher sei, als kurzsichtige Wächter glauben.

Endlich schlug die nächtliche Stunde; er entfernte sich aus seinem

Hause, schüttelte allen Druck ab und wandelte durch die stillen Gassen. Auf dem großen Platze hub er seine Hände gen Himmel, fühlte alles hinter und unter sich; er hatte sich von allem losgemacht. Nun dachte er sich in den Armen seiner Geliebten, dann wieder mit ihr auf dem blendenden Theatergerüste, er schwebte in einer Fülle von Hoffnungen, und nur manchmal erinnerte ihn der Ruf des Nachtwächters, daß er noch auf dieser Erde wandle.

Seine Geliebte kam ihm an der Treppe entgegen, und wie schön! wie lieblich! In dem neuen weißen Negligè empfing sie ihn, er glaubte sie noch nie so reizend gesehen zu haben. So weihte sie das Geschenk des abwesenden Liebhabers in den Armen des gegenwärtigen ein, und mit wahrer Leidenschaft verschwendete sie den ganzen Reichtum ihrer Liebkosungen, welche ihr die Natur eingab, welche die Kunst sie gelehrt hatte, an ihren Liebling, und man frage, ob er sich glücklich, ob er sich selig fühlte.

Er entdeckte ihr, was vorgegangen war, und ließ ihr im allgemeinen seinen Plan, seine Wünsche sehen. Er wolle unterzukommen suchen, sie alsdann abholen, er hoffe, sie werde ihm ihre Hand nicht versagen. Das arme Mädchen aber schwieg, verbarg ihre Tränen und drückte den Freund an ihre Brust, der, ob er gleich ihr Verstummen auf das günstigste auslegte, doch eine Antwort gewünscht hätte, besonders da er sie zuletzt auf das bescheidenste, auf das freundlichste fragte, ob er sich denn nicht Vater glauben dürfe. Aber auch darauf antwortete sie nur mit einem Seufzer, einem Kusse.

## I. Buch, 12. Kapitel

### Zwölftes Kapitel

Den andern Morgen erwachte Mariane nur zu neuer Betrübnis; sie fand sich sehr allein, mochte den Tag nicht sehen, blieb im Bette und weinte. Die Alte setzte sich zu ihr, suchte ihr einzureden, sie zu trösten; aber es gelang ihr nicht, das verwundete Herz so schnell zu heilen. Nun war der Augenblick nahe, dem das arme Mädchen wie dem letzten ihres Lebens entgegengesehen hatte. Konnte man sich auch in einer ängstlichern Lage fühlen? Ihr Geliebter entfernte sich, ein unbequemer Liebhaber drohte zu kommen, und das größte Unheil stand bevor, wenn beide, wie es leicht möglich war, einmal zusammentreffen sollten.

"Beruhige dich, Liebchen", rief die Alte, "verweine mir deine schönen Augen nicht! Ist es denn ein so großes Unglück, zwei Liebhaber zu besitzen? Und wenn du auch deine Zärtlichkeit nur dem einen schenken kannst, so sei wenigstens dankbar gegen den andern, der, nach der Art, wie er für dich sorgt, gewiß dein Freund genannt zu werden verdient."

"Es ahnte meinem Geliebten", versetzte Mariane dagegen mit Tränen, "daß uns eine Trennung bevorstehe; ein Traum hat ihm entdeckt, was wir ihm so sorgfältig zu verbergen suchen. Er schlief so ruhig an meiner Seite. Auf einmal höre ich ihn ängstliche, unvernehmliche Töne stammeln. Mir wird bange, und ich wecke ihn auf. Ach! mit welcher Liebe, mit welcher Zärtlichkeit, mit welchem Feuer umarmt' er mich! "O Mariane!" rief er aus, "welchem schrecklichen Zustande hast du mich entrissen! Wie soll ich dir danken, daß du mich aus dieser Hölle befreit hast? Mir träumte", fuhr er fort, "ich befände mich, entfernt von dir, in einer unbekannten Gegend; aber dein Bild schwebte mir vor; ich sah dich auf einem schönen Hügel, die Sonne beschien den ganzen Platz; wie reizend kamst du mir vor! Aber es währte nicht lange, so sah ich dein Bild hinuntergleiten, immer hinuntergleiten; ich streckte meine Arme nach dir aus, sie reichten nicht durch die Ferne. Immer sank dein Bild und näherte sich einem großen See, der am Fuße des Hügels weit ausgebreitet lag, eher ein Sumpf als ein See. Auf einmal gab dir ein Mann die Hand; er schien dich hinaufführen zu wollen, aber leitete dich seitwärts und schien dich nach sich zu ziehen. Ich rief, da ich dich nicht erreichen konnte, ich hoffte dich zu warnen. Wollte ich gehen, so schien der Boden mich festzuhalten; konnt ich gehen, so hinderte mich das Wasser, und sogar mein Schreien erstickte in der beklemmten Brust."--So erzählte der Arme, indem er sich von seinem Schrecken an meinem Busen erholte und sich glücklich pries, einen fürchterlichen Traum durch die seligste Wirklichkeit verdrängt zu sehen."

Die Alte suchte soviel möglich durch ihre Prose die Poesie ihrer Freundin ins Gebiet des gemeinen Lebens herunterzulocken und bediente sich dabei der guten Art, welche Vogelstellern zu gelingen pflegt, indem sie durch ein Pfeifchen die Töne derjenigen nachzuahmen suchen, welche sie bald und häufig in ihrem Garne zu sehen wünschen. Sie lobte Wilhelmen, rühmte seine Gestalt, seine Augen, seine Liebe. Das arme Mädchen hörte ihr gerne zu, stand auf, ließ sich ankleiden und schien ruhiger. "Mein Kind, mein Liebchen", fuhr die Alte schmeichelnd fort, "ich will dich nicht betrüben, nicht beleidigen, ich denke dir nicht dein Glück zu rauben. Darfst du meine Absicht verkennen, und hast du vergessen, daß ich jederzeit mehr für dich als für mich gesorgt habe? Sag mir nur, was du willst; wir wollen schon sehen, wie wir es ausführen."

"Was kann ich wollen?" versetzte Mariane; "ich bin elend, auf mein ganzes Leben elend; ich liebe ihn, der mich liebt, sehe, daß ich mich von ihm trennen muß, und weiß nicht, wie ich es überleben kann. Norberg kommt, dem wir unsere ganze Existenz schuldig sind, den wir nicht entbehren können. Wilhelm ist sehr eingeschränkt, er kann nichts für mich tun."

"Ja, er ist unglücklicherweise von jenen Liebhabern, die nichts als ihr Herz bringen, und eben diese haben die meisten Prätensionen."

"Spotte nicht! Der Unglückliche denkt sein Haus zu verlassen, auf das Theater zu gehen, mir seine Hand anzubieten."

"Leere Hände haben wir schon viere."

"Ich habe keine Wahl", fuhr Mariane fort, "entscheide du! Stoße mich da oder dorthin, nur wisse noch eins: wahrscheinlich trag ich ein Pfand im Busen, das uns noch mehr aneinanderfesseln sollte; das bedenke und entscheide: wen soll ich lassen? Wem soll ich folgen?"

Nach einigem Stillschweigen rief die Alte: "Daß doch die Jugend immer zwischen den Extremen schwankt! Ich finde nichts natürlicher, als alles zu verbinden, was uns Vergnügen und Vorteil bringt. Liebst du den einen, so mag der andere bezahlen; es kommt nur darauf an, daß wir klug genug sind, sie beide auseinanderzuhalten."

"Mache, was du willst, ich kann nichts denken; aber folgen will ich."

"Wir haben den Vorteil, daß wir den Eigensinn des Direktors, der auf die Sitten seiner Truppe stolz ist, vorschützen können. Beide Liebhaber sind schon gewohnt, heimlich und vorsichtig zu Werke zu gehen. Für Stunde und Gelegenheit will ich sorgen; nur mußt du hernach die Rolle spielen, die ich dir vorschreibe. Wer weiß, welcher Umstand uns hilft. Käme Norberg nur jetzt, da Wilhelm entfernt ist! Wer wehrt dir, in den Armen des einen an den andern zu denken? Ich wünsche dir zu einem Sohne Glück; er soll einen reichen Vater haben."

Mariane war durch diese Vorstellungen nur für kurze Zeit gebessert. Sie konnte ihren Zustand nicht in Harmonie mit ihrer Empfindung, ihrer Überzeugung bringen; sie wünschte diese schmerzlichen Verhältnisse zu vergessen, und tausend kleine Umstände mußten sie jeden Augenblick daran erinnern.

## I. Buch, 13. Kapitel

### Dreizehntes Kapitel

Wilhelm hatte indessen die kleine Reise vollendet und überreichte, da er seinen Handelsfreund nicht zu Hause fand, das Empfehlungsschreiben der Gattin des Abwesenden. Aber auch diese gab ihm auf seine Fragen wenig Bescheid; sie war in einer heftigen Gemütsbewegung und das ganze Haus in großer Verwirrung.

Es währte jedoch nicht lange, so vertraute sie ihm (und es war auch nicht zu verheimlichen), daß ihre Stieftochter mit einem Schauspieler davongegangen sei, mit einem Menschen, der sich von einer kleinen Gesellschaft vor kurzem losgemacht, sich im Orte aufgehalten und im Französischen Unterricht gegeben habe. Der Vater, außer sich vor Schmerz und Verdruß, sei ins Amt gelaufen, um die Flüchtigen verfolgen zu lassen. Sie schalt ihre Tochter heftig, schmähte den Liebhaber, so daß an beiden nichts Lobenswürdiges übrigblieb, beklagte mit vielen Worten die Schande, die dadurch auf die Familie gekommen, und setzte Wilhelmen in nicht geringe Verlegenheit, der sich und sein heimliches Vorhaben durch diese Sibylle gleichsam mit prophetischem Geiste voraus getadelt und gestraft fühlte. Noch stärkern und innigern Anteil mußte er aber an den Schmerzen des Vaters nehmen, der aus dem Amte zurückkam, mit stiller Trauer und halben Worten seine Expedition der Frau erzählte und, indem er nach eingesehenem Briefe das Pferd Wilhelmen vorführen ließ, seine Zerstreuung und Verwirrung nicht verbergen konnte.

Wilhelm gedachte sogleich das Pferd zu besteigen und sich aus einem Hause zu entfernen, in welchem ihm unter den gegebenen Umständen unmöglich wohl werden konnte; allein der gute Mann wollte den Sohn eines Hauses, dem er so viel schuldig war, nicht unbewirtet und ohne ihn eine Nacht unter seinem Dache behalten zu haben, entlassen.

Unser Freund hatte ein trauriges Abendessen eingenommen, eine unruhige Nacht ausgestanden und eilte frühmorgens, so bald als möglich sich von Leuten zu entfernen, die, ohne es zu wissen, ihn mit ihren Erzählungen und Äußerungen auf das empfindlichste gequält hatten.

Er ritt langsam und nachdenkend die Straße hin, als er auf einmal eine Anzahl bewaffneter Leute durchs Feld kommen sah, die er an ihren weiten und langen Röcken, großen Aufschlägen, unförmlichen Hüten und plumpen Gewehren, an ihrem treuherzigen Gange und dem bequemen Tragen ihres Körpers sogleich für ein Kommando Landmiliz erkannte. Unter einer alten Eiche hielten sie stille, setzten ihre Flinten nieder und lagerten sich bequem auf dem Rasen, um eine Pfeife zu rauchen. Wilhelm verweilte bei ihnen und ließ sich mit einem jungen Menschen, der zu Pferde herbeikam, in ein Gespräch ein. Er mußte die Geschichte der beiden Entflohenen, die ihm nur zu sehr bekannt war, leider noch einmal, und zwar mit Bemerkungen, die weder dem jungen Paare noch den Eltern sonderlich günstig waren, vernehmen. Zugleich erfuhr er, daß man hierher gekommen sei, die jungen Leute wirklich in Empfang zu nehmen, die in dem benachbarten Städtchen eingeholt und angehalten worden waren. Nach einiger Zeit sah man von ferne einen Wagen herbeikommen, der von einer Bürgerwache mehr lächerlich als fürchterlich umgeben war. Ein unförmlicher Stadtschreiber ritt voraus und komplimentierte mit dem gegenseitigem Aktuarius (denn das war der junge Mann, mit dem Wilhelm gesprochen hatte) an der Grenze mit großer Gewissenhaftigkeit und wunderlichen Gebärden, wie es etwa Geist und Zauberer, der eine inner-, der andere außerhalb des Kreises, bei gefährlichen nächtlichen Operationen tun mögen.

Die Aufmerksamkeit der Zuschauer war indes auf den Bauerwagen gerichtet, und man betrachtete die armen Verirrten nicht ohne Mitleiden, die auf ein paar Bündeln Stroh beieinander saßen, sich zärtlich anblickten und die Umstehenden kaum zu bemerken schienen. Zufälligerweise hatte man sich genötigt gesehen, sie von dem letzten Dorfe auf eine so unschickliche Art fortzubringen, indem die alte Kutsche, in welcher man die Schöne transportierte, zerbrochen war. Sie erbat sich bei dieser Gelegenheit die Gesellschaft ihres Freundes, den man, in der Überzeugung, er sei auf einem kapitalen Verbrechen betroffen, bis dahin mit Ketten beschwert nebenhergehen lassen. Diese

Ketten trugen denn freilich nicht wenig bei, den Anblick der zärtlichen Gruppe interessanter zu machen, besonders weil der junge Mann sie mit vielem Anstand bewegte, indem er wiederholt seiner Geliebten die Hände küßte.

"Wir sind sehr unglücklich!" rief sie den Umstehenden zu; "aber nicht so schuldig, wie wir scheinen. So belohnen grausame Menschen treue Liebe, und Eltern, die das Glück ihrer Kinder gänzlich vernachlässigen, reißen sie mit Ungestüm aus den Armen der Freude, die sich ihrer nach langen, trüben Tagen bemächtigte!"

Indes die Umstehenden auf verschiedene Weise ihre Teilnahme zu erkennen gaben, hatten die Gerichte ihre Zeremonien absolviert; der Wagen ging weiter, und Wilhelm, der an dem Schicksal der Verliebten großen Teil nahm, eilte auf dem Fußpfade voraus, um mit dem Amtmanne, noch ehe der Zug ankäme, Bekanntschaft zu machen. Er erreichte aber kaum das Amthaus, wo alles in Bewegung und zum Empfang der Flüchtlinge bereit war, als ihn der Aktuarius einholte und durch eine umständliche Erzählung, wie alles gegangen, besonders aber durch ein weitläufiges Lob seines Pferdes, das er erst gestern vom Juden getauscht, jedes andere Gespräch verhinderte.

Schon hatte man das unglückliche Paar außen am Garten, der durch eine kleine Pforte mit dem Amthause zusammenhing, abgesetzt und sie in der Stille hineingeführt. Der Aktuarius nahm über diese schonende Behandlung von Wilhelmen ein aufrichtiges Lob an, ob er gleich eigentlich dadurch nur das vor dem Amthause versammelte Volk necken und ihm das angenehme Schauspiel einer gedemütigten Mitbürgerin entziehen wollte.

Der Amtmann, der von solchen außerordentlichen Fällen kein sonderlicher Liebhaber war, weil er meistenteils dabei einen und den andern Fehler machte und für den besten Willen gewöhnlich von fürstlicher Regierung mit einem derben Verweise belohnt wurde, ging mit schweren Schritten nach der Amtsstube, wohin ihm der Aktuarius, Wilhelm und einige angesehene Bürger folgten.

Zuerst ward die Schöne vorgeführt, die, ohne Frechheit, gelassen und mit Bewußtsein ihrer selbst hereintrat. Die Art, wie sie gekleidet war und sich überhaupt betrug, zeigte, daß sie ein Mädchen sei, die etwas auf sich halte. Sie fing auch, ohne gefragt zu werden, über ihren Zustand nicht unschicklich zu reden an.

Der Aktuarius gebot ihr zu schweigen und hielt seine Feder über dem gebrochenen Blatte. Der Amtmann setzte sich in Fassung, sah ihn an, räusperte sich und fragte das arme Kind, wie ihr Name heiße und wie alt sie sei.

"Ich bitte Sie, mein Herr", versetzte sie, "es muß mir gar wunderbar vorkommen, daß Sie mich um meinen Namen und mein Alter fragen, da Sie sehr gut wissen, wie ich heiße und daß ich so alt wie Ihr ältester Sohn bin. Was Sie von mir wissen wollen und was Sie wissen müssen, will ich gern ohne Umschweife sagen.

Seit meines Vaters zweiter Heirat werde ich zu Hause nicht zum besten gehalten. Ich hätte einige hübsche Partien tun können, wenn nicht meine Stiefmutter aus Furcht vor der Ausstattung sie zu vereiteln gewußt hätte. Nun habe ich den jungen Melina kennenlernen, ich habe ihn lieben müssen, und da wir die Hindernisse voraussahen, die unserer Verbindung im Wege stunden, entschlossen wir uns, miteinander in der weiten Welt ein Glück zu suchen, das uns zu Hause nicht gewährt schien. Ich habe nichts mitgenommen, als was mein eigen war; wir sind nicht als Diebe und Räuber entflohen, und mein Geliebter verdient nicht, daß er mit Ketten und Banden belegt herumgeschleppt werde. Der Fürst ist gerecht, er wird diese Härte nicht billigen. Wenn wir strafbar sind, so sind wir es nicht auf diese Weise."

Der alte Amtmann kam hierüber doppelt und dreifach in Verlegenheit. Die gnädigsten Ausputzer summten ihm schon um den Kopf, und die geläufige Rede des Mädchens hatte ihm den Entwurf des Protokolls gänzlich zerrüttet. Das Übel wurde noch größer, als sie bei wiederholten ordentlichen Fragen sich nicht weiter einlassen wollte, sondern sich auf das, was sie eben gesagt, standhaft berief.

"Ich bin keine Verbrecherin", sagte sie. "Man hat mich auf Strohbündeln zur Schande hierhergeführt; es ist eine höhere Gerechtigkeit, die uns wieder zu Ehren bringen soll."

Der Aktuarius hatte indessen immer ihre Worte nachgeschrieben und flüsterte dem Amtmanne zu: er solle nur weitergehen; ein förmliches Protokoll würde sich nachher schon verfassen lassen.

Der Alte nahm wieder Mut und fing nun an, nach den süßen Geheimnissen der Liebe mit dürren Worten und in hergebrachten, trockenen Formeln sich zu erkundigen.

Wilhelmen stieg die Röte ins Gesicht, und die Wangen der artigen Verbrecherin belebten sich gleichfalls durch die reizende Farbe der Schamhaftigkeit. Sie schwieg und stockte, bis die Verlegenheit selbst zuletzt ihren Mut zu erhöhen schien.

"Seien Sie versichert", rief sie aus, "daß ich stark genug seien würde, die Wahrheit zu bekennen, wenn ich auch gegen mich selbst sprechen müßte; sollte ich nun zaudern und stocken, da sie mir Ehre macht? Ja, ich habe ihn von dem Augenblicke an, da ich seiner Neigung und seiner Treue gewiß war, als meinen Ehemann angesehen; ich habe ihm alles gerne gegönnt, was die Liebe fordert und was ein überzeugtes Herz nicht versagen kann. Machen Sie nun mit mir, was Sie wollen. Wenn ich einen Augenblick zu gestehen zauderte, so war die Furcht, daß mein Bekenntnis für meinen Geliebten schlimme Folgen haben könnte, allein daran Ursache."

Wilhelm faßte, als er ihr Geständnis hörte, einen hohen Begriff von den Gesinnungen des Mädchens, indes sie die Gerichtspersonen für eine freche Dirne erkannten und die gegenwärtigen Bürger Gott dankten, daß dergleichen Fälle in ihren Familien entweder nicht vorgekommen oder nicht bekannt geworden waren.

Wilhelm versetzte seine Mariane in diesem Augenblicke vor den Richterstuhl, legte ihr noch schönere Worte in den Mund, ließ ihre Aufrichtigkeit noch herzlicher und ihr Bekenntnis noch edler werden. Die heftigste Leidenschaft, beiden Liebenden zu helfen, bemächtigte sich seiner. Er verbarg sie nicht und bat den zaudernden Amtmann heimlich, er möchte doch der Sache ein Ende machen, es sei ja alles so klar als möglich und bedürfe keiner weitern Untersuchung.

Dieses half so viel, daß man das Mädchen abtreten, dafür aber den jungen Menschen, nachdem man ihm vor der Türe die Fesseln abgenommen hatte, hereinkommen ließ. Dieser schien über sein Schicksal mehr nachdenkend. Seine Antworten waren gesetzter, und wenn er von einer Seite weniger heroische Freimütigkeit zeigte, so empfahl er sich hingegen durch Bestimmtheit und Ordnung seiner Aussage.

Da auch dieses Verhör geendiget war, welches mit dem vorigen in allem übereinstimmte, nur daß er, um das Mädchen zu schonen, hartnäckig leugnete, was sie selbst schon bekannt hatte, ließ man auch sie endlich wieder vortreten, und es entstand zwischen beiden eine Szene, welche ihnen das Herz unsers Freundes gänzlich zu eigen machte.

Was nur in Romanen und Komödien vorzugehen pflegt, sah er hier in einer unangenehmen Gerichtsstube vor seinen Augen: den Streit wechselseitiger Großmut, die Stärke der Liebe im Unglück.

"Ist es denn also wahr", sagte er bei sich selbst, "daß die schüchterne Zärtlichkeit, die vor dem Auge der Sonne und der Menschen sich verbirgt und nur in abgesonderter Einsamkeit, in tiefem Geheimnisse zu genießen wagt, wenn sie durch einen feindseligen Zufall hervorgeschleppt wird, sich alsdann mutiger, stärker, tapferer zeigt als andere, brausende und großtuende Leidenschaften?"

Zu seinem Troste schloß sich die ganze Handlung noch ziemlich bald. Sie wurden beide in leidliche Verwahrung genommen, und wenn es möglich gewesen wäre, so hätte er noch diesen Abend das Frauenzimmer zu ihren Eltern hinübergebracht. Denn er setzte sich fest vor, hier ein Mittelsmann zu werden und die glückliche und anständige Verbindung beider Liebenden zu befördern.

Er erbat sich von dem Amtmanne die Erlaubnis, mit Melina allein zu reden, welche ihm denn auch ohne Schwierigkeit verstattet wurde.

## I. Buch, 14. Kapitel

### Vierzehntes Kapitel

Das Gespräch der beiden neuen Bekannten wurde gar bald vertraut und lebhaft. Denn als Wilhelm dem niedergeschlagnen Jüngling sein Verhältnis zu den Eltern des Frauenzimmers entdeckte, sich zum Mittler anbot und selbst die besten Hoffnungen zeigte, erheiterte sich das traurige und sorgenvolle Gemüt des Gefangnen, er fühlte sich schon wieder befreit, mit seinen Schwiegereltern versöhnt, und es war nun von künftigem Erwerb und Unterkommen die Rede.

"Darüber werden Sie doch nicht in Verlegenheit sein", versetzte Wilhelm; "denn Sie scheinen mir beiderseits von der Natur bestimmt, in dem Stande, den Sie gewählt haben, Ihr Glück zu machen. Eine angenehme Gestalt, eine wohlklingende Stimme, ein gefühlvolles Herz! Können Schauspieler besser ausgestattet sein? Kann ich Ihnen mit einigen Empfehlungen dienen, so wird es mir viel Freude machen."

"Ich danke Ihnen von Herzen", versetzte der andere; "aber ich werde wohl schwerlich davon Gebrauch machen können, denn ich denke, wo möglich nicht auf das Theater zurückzukehren."

"Daran tun Sie sehr übel", sagte Wilhelm nach einer Pause, in welcher er sich von seinem Erstaunen erholt hatte; denn er dachte nicht anders, als daß der Schauspieler, sobald er mit seiner jungen Gattin befreit worden, das Theater aufsuchen werde. Es schien ihm ebenso natürlich und notwendig, als daß der Frosch das Wasser sucht. Nicht einen Augenblick hatte er daran gezweifelt und mußte nun zu seinem Erstaunen das Gegenteil erfahren.

"Ja", versetzte der andere, "ich habe mir vorgenommen, nicht wieder auf das Theater zurückzukehren, vielmehr eine bürgerliche Bedienung, sie sei auch, welche sie wolle, anzunehmen, wenn ich nur eine erhalten kann."

"Das ist ein sonderbarer Entschluß, den ich nicht billigen kann; denn ohne besondere Ursache ist es niemals ratsam, die Lebensart, die man ergriffen hat, zu verändern, und überdies wüßte ich keinen Stand, der so viel Annehmlichkeiten, so viel reizende Aussichten darböte, als den eines Schauspielers."

"Man sieht, daß Sie keiner gewesen sind", versetzte jener.

Darauf sagte Wilhelm: "Mein Herr, wie selten ist der Mensch mit dem Zustande zufrieden, in dem er sich befindet! Er wünscht sich immer den seines Nächsten, aus welchem sich dieser gleichfalls heraussehnt."

"Indes bleibt doch ein Unterschied", versetzte Melina, "zwischen dem Schlimmen und dem Schlimmern; Erfahrung, nicht Ungeduld macht mich so handeln. Ist wohl irgend ein Stückchen Brot kümmerlicher, unsicherer und mühseliger in der Welt? Beinahe wäre es ebensogut, vor den Türen zu betteln. Was hat man von dem Neide seiner Mitgenossen und der Parteilichkeit des Direktors, von der veränderlichen Laune des Publikums auszustehen! Wahrhaftig, man muß ein Fell haben wie ein Bär, der in Gesellschaft von Affen und Hunden an der Kette herumgeführt und geprügelt wird, um bei dem Tone eines Dudelsacks vor Kindern und

Pöbel zu tanzen."

Wilhelm dachte allerlei bei sich selbst, was er jedoch dem guten Menschen nicht ins Gesicht sagen wollte. Er ging also nur von ferne mit dem Gespräch um ihn herum. Jener ließ sich desto aufrichtiger und weitläufiger heraus.--"Täte es nicht not", sagte er, "daß ein Direktor jedem Stadtrate zu Füßen fiele, um nur die Erlaubnis zu haben, vier Wochen zwischen der Messe ein paar Groschen mehr an einem Orte zirkulieren zu lassen. Ich habe den unsrigen, der soweit ein guter Mann war, oft bedauert, wenn er mir gleich zu anderer Zeit Ursache zu Mißvergnügen gab. Ein guter Akteur steigert ihn, die schlechten kann er nicht loswerden; und wenn er seine Einnahme einigermaßen der Ausgabe gleichsetzen will, so ist es dem Publikum gleich zuviel, das Haus steht leer, und man muß, um nur nicht gar zugrunde zu gehen, mit Schaden und Kummer spielen. Nein, mein Herr! da Sie sich unsrer, wie Sie sagen, annehmen mögen, so bitte ich Sie, sprechen Sie auf das ernstlichste mit den Eltern meiner Geliebten! Man versorge mich hier, man gebe mir einen kleinen Schreiber- oder Einnehmerdienst, und ich will mich glücklich schätzen."

Nachdem sie noch einige Worte gewechselt hatten, schied Wilhelm mit dem Versprechen, morgen ganz früh die Eltern anzugehen und zu sehen, was er ausrichten könne. Kaum war er allein, so mußte er sich in folgenden Ausrufungen Luft machen: "Unglücklicher Melina, nicht in deinem Stande, sondern in dir liegt das Armselige, über das du nicht Herr werden kannst! Welcher Mensch in der Welt, der ohne innern Beruf ein Handwerk, eine Kunst oder irgendeine Lebensart ergriffe, müßte nicht wie du seinen Zustand unerträglich finden? Wer mit einem Talente zu einem Talente geboren ist, findet in demselben sein schönstes Dasein! Nichts ist auf der Erde ohne Beschwerlichkeit! Nur der innere Trieb, die Lust, die Liebe helfen uns Hindernisse überwinden, Wege bahnen und uns aus dem engen Kreise, worin sich andere kümmerlich abängstigen, emporheben. Dir sind die Bretter nichts als Bretter, und die Rollen, was einem Schulknaben sein Pensum ist. Die Zuschauer siehst du an, wie sie sich selbst an Werkeltagen vorkommen. Dir könnte es also freilich einerlei sein, hinter einem Pult über linierten Büchern zu sitzen, Zinsen einzutragen und Reste herauszustochern. Du fühlst nicht das zusammenbrennende, zusammentreffende Ganze, das allein durch den Geist erfunden, begriffen und ausgeführt wird; du fühlst nicht, daß in den Menschen ein besserer Funke lebt, der, wenn er keine Nahrung erhält, wenn er nicht geregt wird, von der Asche täglicher Bedürfnisse und

Gleichgültigkeit tiefer bedeckt und doch so spät und fast nie erstickt wird. Du fühlst in deiner Seele keine Kraft, ihn aufzublasen, in deinem eignen Herzen keinen Reichtum, um dem Erweckten Nahrung zu geben. Der Hunger treibt dich, die Unbequemlichkeiten sind dir zuwider, und es ist dir verborgen, daß in jedem Stande diese Feinde lauern, die nur mit Freudigkeit und Gleichmut zu überwinden sind. Du tust wohl, dich in jene Grenzen einer gemeinen Stelle zu sehnen; denn welche würdest du wohl ausfüllen, die Geist und Mut verlangt! Gib einem Soldaten, einem Staatsmanne, einem Geistlichen deine Gesinnungen, und mit ebensoviel Recht wird er sich über das Kümmerliche seines Standes beschweren können. Ja, hat es nicht sogar Menschen gegeben, die von allem Lebensgefühl so ganz verlassen waren, daß sie das ganze Leben und Wesen der Sterblichen für ein Nichts, für ein kummervolles und staubgleiches Dasein erklärt haben? Regten sich lebendig in deiner Seele die Gestalten wirkender Menschen, wärmte deine Brust ein teilnehmendes Feuer, verbreitete sich über deine ganze Gestalt die Stimmung, die aus dem Innersten kommt, wären die Töne deiner Kehle, die Worte deiner Lippen lieblich anzuhören, fühltest du dich genug in dir selbst, so würdest du dir gewiß Ort und Gelegenheit aufsuchen, dich in andern fühlen zu können."

Unter solchen Worten und Gedanken hatte sich unser Freund ausgekleidet und stieg mit einem Gefühle des innigsten Behagens zu Bette. Ein ganzer Roman, was er an der Stelle des Unwürdigen morgenden Tages tun würde, entwickelte sich in seiner Seele, angenehme Phantasien begleiteten ihn in das Reich des Schlafes sanft hinüber und überließen ihn dort ihren Geschwistern, den Träumen, die ihn mit offenen Armen aufnahmen und das ruhende Haupt unsers Freundes mit dem Vorbilde des Himmels umgaben.

Am frühen Morgen war er schon wieder erwacht und dachte seiner vorstehenden Unterhandlung nach. Er kehrte in das Haus der verlassenen Eltern zurück, wo man ihn mit Verwunderung aufnahm. Er trug sein Anbringen bescheiden vor und fand gar bald mehr und weniger Schwierigkeiten, als er vermutet hatte. Geschehen war es einmal, und wenngleich außerordentlich strenge und harte Leute sich gegen das Vergangene und Nichtzuändernde mit Gewalt zu setzen und das Übel dadurch zu vermehren pflegen, so hat dagegen das Geschehene auf die Gemüter der meisten eine unwiderstehliche Gewalt, und was unmöglich schien, nimmt sogleich, als es geschehen ist, neben dem Gemeinen seinen Platz ein. Es war also bald ausgemacht, daß der Herr Melina die Tochter heiraten sollte; dagegen sollte sie wegen ihrer Unart kein

Heiratsgut mitnehmen und versprechen, das Vermächtnis einer Tante noch einige Jahre gegen geringe Interessen in des Vaters Händen zu lassen. Der zweite Punkt, wegen einer bürgerlichen Versorgung, fand schon größere Schwierigkeiten. Man wollte das ungeratene Kind nicht vor Augen sehen, man wollte die Verbindung eines hergelaufenen Menschen mit einer so angesehenen Familie, welche sogar mit einem Superintendenten verwandt war, sich durch die Gegenwart nicht beständig aufrücken lassen; man konnte ebensowenig hoffen, daß die fürstlichen Kollegien ihm eine Stelle anvertrauen würden. Beide Eltern waren gleich stark dagegen, und Wilhelm, der sehr eifrig dafür sprach, weil er dem Menschen, den er geringschätzte, die Rückkehr auf das Theater nicht gönnte und überzeugt war, daß er eines solchen Glückes nicht wert sei, konnte mit allen seinen Argumenten nichts ausrichten. Hätte er die geheimen Triebfedern gekannt, so würde er sich die Mühe gar nicht gegeben haben, die Eltern überreden zu wollen. Denn der Vater, der seine Tochter gerne bei sich behalten hätte, haßte den jungen Menschen, weil seine Frau selbst ein Auge auf ihn geworfen hatte, und diese konnte in ihrer Stieftochter eine glückliche Nebenbuhlerin nicht vor Augen leiden. Und so mußte Melina wider seinen Willen mit seiner jungen Braut, die schon größere Lust bezeigte, die Welt zu sehen und sich der Welt sehen zu lassen, nach einigen Tagen abreisen, um bei irgendeiner Gesellschaft ein Unterkommen zu finden.

## I. Buch, 15. Kapitel

### Fünfzehntes Kapitel

Glückliche Jugend! Glückliche Zeiten des ersten Liebesbedürfnisses! Der Mensch ist dann wie ein Kind, das sich am Echo stundenlang ergötzt, die Unkosten des Gespräches allein trägt und mit der Unterhaltung wohl zufrieden ist, wenn der unsichtbare Gegenpart auch nur die letzten Silben der ausgerufenen Worte wiederholt.

So war Wilhelm in den frühern, besonders aber in den spätern Zeiten seiner Leidenschaft für Marianen, als er den ganzen Reichtum seines Gefühls auf sie hinübertrug und sich dabei als einen Bettler ansah, der von ihren Almosen lebte. Und wie uns eine Gegend reizender, ja allein reizend vorkommt, wenn sie von der Sonne beschienen wird, so war auch alles in seinen Augen verschönert und verherrlicht, was sie umgab, was sie berührte.

Wie oft stand er auf dem Theater hinter den Wänden, wozu er sich das Privilegium von dem Direktor erbeten hatte! Dann war freilich die perspektivische Magie verschwunden, aber die viel mächtigere Zauberei der Liebe fing erst an zu wirken. Stundenlang konnte er am schmutzigen Lichtwagen stehen, den Qualm der Unschlittlampen einziehen, nach der Geliebten hinausblicken und, wenn sie wieder hereintrat und ihn freundlich ansah, sich in Wonne verloren dicht an dem Balken und Lattengerippe in einen paradiesischen Zustand versetzt fühlen. Die ausgestopften Lämmchen, die Wasserfälle von Zindel, die pappenen Rosenstöcke und die einseitigen Strohhütten erregten in ihm liebliche dichterische Bilder uralter Schäferwelt. Sogar die in der Nähe häßlich erscheinenden Tänzerinnen waren ihm nicht immer zuwider, weil sie auf einem Brette mit seiner Vielgeliebten standen. Und so ist es gewiß, daß Liebe, welche Rosenlauben, Myrtenwäldchen und Mondschein erst beleben muß, auch sogar Hobelspänen und Papierschnitzeln einen Anschein belebter Naturen geben kann. Sie ist eine so starke Würze, daß selbst schale und ekle Brühen davon schmackhaft werden.

Solch einer Würze bedurft es freilich, um jenen Zustand leidlich, ja in der Folge angenehm zu machen, in welchem er gewöhnlich ihre Stube, ja gelegentlich sie selbst antraf.

In einem feinen Bürgerhause erzogen, war Ordnung und Reinlichkeit das Element, worin er atmete, und indem er von seines Vaters Prunkliebe einen Teil geerbt hatte, wußte er in den Knabenjahren sein Zimmer, das er als sein kleines Reich ansah, stattlich auszustaffieren. Seine Bettvorhänge waren in große Falten aufgezogen und mit Quasten befestigt, wie man Thronen vorzustellen pflegt; er hatte sich einen Teppich in die Mitte des Zimmers und einen feinern auf den Tisch anzuschaffen gewußt; seine Bücher und Gerätschaften legte und stellte er fast mechanisch so, daß ein niederländischer Maler gute Gruppen zu seinen Stilleben hätte herausnehmen können. Eine weiße Mütze hatte er wie einen Turban zurechtgebunden und die Ärmel seines Schlafrocks nach orientalischem Kostüme kurz stutzen lassen. Doch gab er hiervon die Ursache an, daß die langen, weiten Ärmel ihn im Schreiben hinderten. Wenn er abends ganz allein war und nicht mehr fürchten durfte, gestört zu werden, trug er gewöhnlich eine seidene Schärpe um den Leib, und er soll manchmal einen Dolch, den er sich aus einer alten Rüstkammer zugeeignet, in den Gürtel gesteckt und so die ihm zugeteilten tragischen Rollen memoriert und probiert, ja in ebendem Sinne sein Gebet kniend auf dem Teppich verrichtet haben.

Wie glücklich pries er daher in früheren Zeiten den Schauspieler, den er im Besitz so mancher majestätischen Kleider, Rüstungen und Waffen und in steter Übung eines edlen Betragens sah, dessen Geist einen Spiegel des Herrlichsten und Prächtigsten, was die Welt an Verhältnissen, Gesinnungen und Leidenschaften hervorgebracht, darzustellen schien. Ebenso dachte sich Wilhelm auch das häusliche Leben eines Schauspielers als eine Reihe von würdigen Handlungen und Beschäftigungen, davon die Erscheinung auf dem Theater die äußerste Spitze sei, etwa wie ein Silber, das vom Läuterfeuer lange herumgetrieben worden, endlich farbig-schön vor den Augen des Arbeiters erscheint und ihm zugleich andeutet, daß das Metall nunmehr von allen fremden Zusätzen gereiniget sei.

Wie sehr stutzte er daher anfangs, wenn er sich bei seiner Geliebten befand und durch den glücklichen Nebel, der ihn umgab, nebenaus auf Tische, Stühle und Boden sah. Die Trümmer eines augenblicklichen, leichten und falschen Putzes lagen, wie das glänzende Kleid eines abgeschuppten Fisches, zerstreut in wilder Unordnung durcheinander. Die Werkzeuge menschlicher Reinlichkeit, als Kämme, Seife, Tücher, waren mit den Spuren ihrer Bestimmung gleichfalls nicht versteckt. Musik, Rollen und Schuhe, Wäsche und italienische Blumen, Etuis, Haarnadeln, Schminktöpfchen und Bänder, Bücher und Strohhüte, keines verschmähte die Nachbarschaft des andern, alle waren durch ein gemeinschaftliches Element, durch Puder und Staub, vereinigt. Jedoch da Wilhelm in ihrer Gegenwart wenig von allem andern bemerkte, ja vielmehr ihm alles, was ihr gehörte, sie berührt hatte, lieb werden mußte, so fand er zuletzt in dieser verworrenen Wirtschaft einen Reiz, den er in seiner stattlichen Prunkordnung niemals empfunden hatte. Es war ihm--wenn er hier ihre Schnürbrust wegnahm, um zum Klavier zu kommen, dort ihre Röcke aufs Bette legte, um sich setzen zu können, wenn sie selbst mit unbefangener Freimütigkeit manches Natürliche, das man sonst gegen einen andern aus Anstand zu verheimlichen pflegt, vor ihm nicht zu verbergen suchte--es war ihm, sag ich, als wenn er ihr mit jedem Augenblicke näher würde, als wenn eine Gemeinschaft zwischen ihnen durch unsichtbare Bande befestigt würde.

Nicht ebenso leicht konnte er die Aufführung der übrigen Schauspieler, die er bei seinen ersten Besuchen manchmal bei ihr antraf, mit seinen Begriffen vereinigen. Geschäftig im Müßiggange, schienen sie an ihren

Beruf und Zweck am wenigsten zu denken; über den poetischen Wert eines Stückes hörte er sie niemals reden und weder richtig noch unrichtig darüber urteilen; es war immer nur die Frage: "Was wird das Stück machen? Ist es ein Zugstück? Wie lange wird es spielen? Wie oft kann es wohl gegeben werden?" und was Fragen und Bemerkungen dieser Art mehr waren. Dann ging es gewöhnlich auf den Direktor los, daß er mit der Gage zu karg und besonders gegen den einen und den andern ungerecht sei, dann auf das Publikum, daß es mit seinem Beifall selten den rechten Mann belohne, daß das deutsche Theater sich täglich verbessere, daß der Schauspieler nach seinen Verdiensten immer mehr geehrt werde und nicht genug geehrt werden könne. Dann sprach man viel von Kaffeehäusern und Weingärten und was daselbst vorgefallen, wieviel irgendein Kamerad Schulden habe und Abzug leiden müsse, von Disproportion der wöchentlichen Gage, von Kabalen einer Gegenpartei; wobei denn doch zuletzt die große und verdiente Aufmerksamkeit des Publikums wieder in Betracht kam und der Einfluß des Theaters auf die Bildung einer Nation und der Welt nicht vergessen wurde.

Alle diese Dinge, die Wilhelmen sonst schon manche unruhige Stunde gemacht hatten, kamen ihm gegenwärtig wieder ins Gedächtnis, als ihn sein Pferd langsam nach Hause trug und er die verschiedenen Vorfälle, die ihm begegnet waren, überlegte. Die Bewegung, welche durch die Flucht eines Mädchens in eine gute Bürgerfamilie, ja in ein ganzes Städtchen gekommen war, hatte er mit Augen gesehen; die Szenen auf der Landstraße und im Amthause, die Gesinnungen Melinas, und was sonst noch vorgegangen war, stellten sich ihm wieder dar und brachten seinen lebhaften, vordringenden Geist in eine Art von sorglicher Unruhe, die er nicht lange ertrug, sondern seinem Pferde die Sporen gab und nach der Stadt zu eilte.

Allein auch auf diesem Wege rannte er nur neuen Unannehmlichkeiten entgegen. Werner, sein Freund und vermutlicher Schwager, wartete auf ihn, um ein ernsthaftes, bedeutendes und unerwartetes Gespräch mit ihm anzufangen.

Werner war einer von den geprüften, in ihrem Dasein bestimmten Leuten, die man gewöhnlich kalte Leute zu nennen pflegt, weil sie bei Anlässen weder schnell noch sichtlich auflodern; auch war sein Umgang mit Wilhelmen ein anhaltender Zwist, wodurch sich ihre Liebe aber nur desto fester knüpfte: denn ungeachtet ihrer verschiedenen Denkungsart fand jeder seine Rechnung bei dem andern. Werner tat sich darauf etwas zugute, daß er dem vortrefflichen, obgleich gelegentlich ausschweifenden Geist Wilhelms mitunter Zügel und Gebiß anzulegen schien, und Wilhelm fühlte oft einen herrlichen Triumph, wenn er seinen bedächtlichen Freund in warmer Aufwallung mit sich fortnahm. So übte sich einer an dem andern, sie wurden gewohnt, sich täglich zu sehen, und man hätte sagen sollen, das Verlangen, einander zu finden, sich miteinander zu besprechen, sei durch die Unmöglichkeit, einander verständlich zu werden, vermehrt worden. Im Grunde aber gingen sie doch, weil sie beide gute Menschen waren, nebeneinander, miteinander nach einem Ziel und konnten niemals begreifen, warum denn keiner den andern auf seine Gesinnung reduzieren könne.

Werner bemerkte seit einiger Zeit, daß Wilhelms Besuche seltner wurden, daß er in Lieblingsmaterien kurz und zerstreut abbrach, daß er sich nicht mehr in lebhafte Ausbildung seltsamer Vorstellungen vertiefte, an welcher sich freilich ein freies, in der Gegenwart des Freundes Ruhe und Zufriedenheit findendes Gemüt am sichersten erkennen läßt. Der pünktliche und bedächtige Werner suchte anfangs den Fehler in seinem eignen Betragen, bis ihn einige Stadtgespräche auf die rechte Spur brachten und einige Unvorsichtigkeiten Wilhelms ihn der Gewißheit näher führten. Er ließ sich auf eine Untersuchung ein und entdeckte gar bald, daß Wilhelm vor einiger Zeit eine Schauspielerin öffentlich besucht, mit ihr auf dem Theater gesprochen und sie nach Hause gebracht habe; er wäre trostlos gewesen, wenn ihm auch die nächtlichen Zusammenkünfte bekannt geworden wären, denn er hörte, daß Mariane ein verführerisches Mädchen sei, die seinen Freund wahrscheinlich ums Geld bringe und sich noch nebenher von dem unwürdigsten Liebhaber unterhalten lasse.

Sobald er seinen Verdacht soviel möglich zur Gewißheit erhoben, beschloß er einen Angriff auf Wilhelmen und war mit allen Anstalten völlig in Bereitschaft, als dieser eben verdrießlich und verstimmt von seiner Reise zurückkam.

Werner trug ihm noch denselbigen Abend alles, was er wußte, erst gelassen, dann mit dem dringenden Ernste einer wohldenkenden Freundschaft vor, ließ keinen Zug unbestimmt und gab seinem Freunde alle die Bitterkeiten zu kosten, die ruhige Menschen an Liebende mit tugendhafter Schadenfreude so freigebig auszuspenden pflegen. Aber wie man sich denken kann, richtete er wenig aus. Wilhelm versetzte mit inniger Bewegung, doch mit großer Sicherheit: "Du kennst das Mädchen nicht! Der Schein ist vielleicht nicht zu ihrem Vorteil, aber ich bin ihrer Treue und Tugend so gewiß als meiner Liebe."

Werner beharrte auf seiner Anklage und erbot sich zu Beweisen und Zeugen. Wilhelm verwarf sie und entfernte sich von seinem Freunde verdrießlich und erschüttert wie einer, dem ein ungeschickter Zahnarzt einen schadhaften festsitzenden Zahn gefaßt und vergebens daran geruckt hat.

Höchst unbehaglich fand sich Wilhelm, das schöne Bild Marianens erst durch die Grillen der Reise, dann durch Werners Unfreundlichkeit in seiner Seele getrübt und beinahe entstellt zu sehen. Er griff zum sichersten Mittel, ihm die völlige Klarheit und Schönheit wiederherzustellen, indem er nachts auf den gewöhnlichen Wegen zu ihr hineilte. Sie empfing ihn mit lebhafter Freude; denn er war bei seiner Ankunft vorbeigeritten, sie hatte ihn diese Nacht erwartet, und es läßt sich denken, daß alle Zweifel bald aus seinem Herzen vertrieben wurden. Ja, ihre Zärtlichkeit schloß sein ganzes Vertrauen wieder auf, und er erzählte ihr, wie sehr sich das Publikum, wie sehr sich sein Freund an ihr versündiget.

Mancherlei lebhafte Gespräche führten sie auf die ersten Zeiten ihrer Bekanntschaft, deren Erinnerung eine der schönsten Unterhaltungen zweier Liebenden bleibt. Die ersten Schritte, die uns in den Irrgarten der Liebe bringen, sind so angenehm, die ersten Aussichten so reizend, daß man sie gar zu gern in sein Gedächtnis zurückruft. Jeder Teil sucht einen Vorzug vor dem andern zu behalten, er habe früher, uneigennütziger geliebt, und jedes wünscht in diesem Wettstreite lieber überwunden zu werden als zu überwinden.

Wilhelm wiederholte Marianen, was sie schon so oft gehört hatte, daß sie bald seine Aufmerksamkeit von dem Schauspiel ab und auf sich allein gezogen habe, daß ihre Gestalt, ihr Spiel, ihre Stimme ihn gefesselt; wie er zuletzt nur die Stücke, in denen sie gespielt, besucht habe, wie er endlich aufs Theater geschlichen sei, oft, ohne von ihr bemerkt zu werden, neben ihr gestanden habe; dann sprach er mit Entzücken von dem glücklichen Abende, an dem er eine Gelegenheit gefunden, ihr eine Gefälligkeit zu erzeigen und ein Gespräch einzuleiten.

Mariane dagegen wollte nicht Wort haben, daß sie ihn so lange nicht bemerkt hätte; sie behauptete, ihn schon auf dem Spaziergange gesehen zu haben, und bezeichnete ihm zum Beweis das Kleid, das er am selbigen Tage angehabt; sie behauptete, daß er ihr damals vor allen andern gefallen und daß sie seine Bekanntschaft gewünscht habe.

Wie gern glaubte Wilhelm das alles! Wie gern ließ er sich überreden, daß sie zu ihm, als er sich ihr genähert, durch einen unwiderstehlichen Zug hingeführt worden, daß sie absichtlich zwischen die Kulissen neben ihn getreten sei, um ihn näher zu sehen und Bekanntschaft mit ihm zu machen, und daß sie zuletzt, da seine Zurückhaltung und Blödigkeit nicht zu überwinden gewesen, ihm selbst Gelegenheit gegeben und ihn gleichsam genötigt habe, ein Glas Limonade herbeizuholen.

Unter diesem liebevollen Wettstreit, den sie durch alle kleinen Umstände ihres kurzen Romans verfolgten, vergingen ihnen die Stunden sehr schnell, und Wilhelm verließ völlig beruhigt seine Geliebte mit dem festen Vorsatze, sein Vorhaben unverzüglich ins Werk zu richten.

## I. Buch, 16. Kapitel

### Sechzehntes Kapitel

Was zu seiner Abreise nötig war, hatten Vater und Mutter besorgt; nur einige Kleinigkeiten, die an der Equipage fehlten, verzögerten seinen Aufbruch um einige Tage. Wilhelm benutzte diese Zeit, um an Marianen einen Brief zu schreiben, wodurch er die Angelegenheit endlich zur Sprache bringen wollte, über welche sie sich mit ihm zu unterhalten bisher immer vermieden hatte. Folgendermaßen lautete der Brief:

"Unter der lieben Hülle der Nacht, die mich sonst in deinen Armen bedeckte, sitze ich und denke und schreibe an dich, und was ich sinne und treibe, ist nur um deinetwillen. O Mariane! mir, dem glücklichsten unter den Männern, ist es wie einem Bräutigam, der ahnungsvoll, welch eine neue Welt sich in ihm und durch ihn entwickeln wird, auf den festlichen Teppichen steht und während der heiligen Zeremonien sich gedankenvoll lüstern vor die geheimnisreichen Vorhänge versetzt, woher ihm die Lieblichkeit der Liebe entgegensäuselt.

Ich habe über mich gewonnen, dich in einigen Tagen nicht zu sehen; es war leicht in Hoffnung einer solchen Entschädigung, ewig mit dir zu sein, ganz der Deinige zu bleiben! Soll ich wiederholen, was ich wünsche? Und doch ist es nötig; denn es scheint, als habest du mich bisher nicht verstanden.

Wie oft habe ich mit leisen Tönen der Treue, die, weil sie alles zu halten wünscht, wenig zu sagen wagt, an deinem Herzen geforscht nach dem Verlangen einer ewigen Verbindung. Verstanden hast du mich gewiß: denn in deinem Herzen muß ebender Wunsch keimen; vernommen hast du mich in jedem Kusse, in der anschmiegenden Ruhe jener glücklichen Abende. Da lernt ich deine Bescheidenheit kennen, und wie vermehrte sich meine Liebe! Wo eine andere sich künstlich betragen hätte, um durch überflüssigen Sonnenschein einen Entschluß in dem Herzen ihres Liebhabers zur Reife zu bringen, eine Erklärung hervorzulocken und ein Versprechen zu befestigen, eben da ziehst du dich zurück, schließest die halbgeöffnete Brust deines Geliebten wieder zu und suchst durch eine anscheinende Gleichgültigkeit deine Beistimmung zu verbergen; aber ich verstehe dich! Welch ein Elender müßte ich sein, wenn ich an diesen Zeichen die reine, uneigennützige, nur für den Freund besorgte Liebe nicht erkennen wollte! Vertraue mir und sei ruhig! Wir gehören einander an, und keins von beiden verläßt oder verliert etwas, wenn wir füreinander leben.

Nimm sie hin, diese Hand! feierlich noch dies überflüssige Zeichen! Alle Freuden der Liebe haben wir empfunden, aber es sind neue Seligkeiten in dem bestätigten Gedanken der Dauer. Frage nicht, wie? Sorge nicht! Das Schicksal sorgt für die Liebe, und um so gewisser, da Liebe genügsam ist.

Mein Herz hat schon lange meiner Eltern Haus verlassen; es ist bei dir, wie mein Geist auf der Bühne schwebt. O meine Geliebte! Ist wohl einem Menschen so gewährt, seine Wünsche zu verbinden, wie mir? Kein Schlaf kommt in meine Augen, und wie eine ewige Morgenröte steigt deine Liebe und dein Glück vor mir auf und ab.

Kaum daß ich mich halte, nicht auffahre, zu dir hinrenne und mir deine Einwilligung erzwinge und gleich Morgen frühe weiter in die Welt nach meinem Ziele hinstrebe.--Nein, ich will mich bezwingen! Ich will nicht unbesonnen törichte, verwegene Schritte tun; mein Plan ist entworfen, und ich will ihn ruhig ausführen.

Ich bin mit Direktor Serlo bekannt, meine Reise geht gerade zu ihm, er hat vor einem Jahre oft seinen Leuten etwas von meiner Lebhaftigkeit und Freude am Theater gewünscht, und ich werde ihm gewiß willkommen sein; denn bei eurer Truppe möchte ich aus mehr als einer Ursache nicht eintreten; auch spielt Serlo so weit von hier, daß ich anfangs meinen Schritt verbergen kann. Einen leidlichen Unterhalt finde ich da gleich; ich sähe mich in dem Publiko um, lerne die Gesellschaft kennen und hole dich nach.

Mariane, du siehst, was ich über mich gewinnen kann, um dich gewiß zu haben; denn dich so lange nicht zu sehen, dich in der weiten Welt zu wissen! recht lebhaft darf ich mir's nicht denken. Wenn ich mir dann aber wieder deine Liebe vorstelle, die mich vor allem sichert, wenn du meine Bitte nicht verschmähst, ehe wir scheiden, und du mir deine Hand vor dem Priester reichst, so werde ich ruhig gehen. Es ist nur eine Formel unter uns, aber eine so schöne Formel, der Segen des Himmels zu dem Segen der Erde. In der Nachbarschaft, im Ritterschaftlichen, geht es leicht und heimlich an.

Für den Anfang habe ich Geld genug; wir wollen teilen, es wird für uns beide hinreichen; ehe das verzehrt ist, wird der Himmel weiterhelfen.

Ja, Liebste, es ist mir gar nicht bange. Was mit so viel Fröhlichkeit begonnen wird, muß ein glückliches Ende erreichen. Ich habe nie gezweifelt, daß man sein Fortkommen in der Welt finden könne, wenn es einem Ernst ist, und ich fühle Mut genug, für zwei, ja für mehrere einen reichlichen Unterhalt zu gewinnen. Die Welt ist undankbar, sagen viele; ich habe noch nicht gefunden, daß sie undankbar sei, wenn man auf die rechte Art etwas für sie zu tun weiß. Mir glüht die ganze Seele bei dem Gedanken, endlich einmal aufzutreten und den Menschen in das Herz hineinzureden, was sie sich so lange zu hören sehnen. Wie tausendmal ist es freilich mir, der ich von der Herrlichkeit des Theaters so eingenommen bin, bang durch die Seele gegangen, wenn ich die Elendesten gesehen habe sich einbilden, sie könnten uns ein großes, treffliches Wort ans Herz reden! Ein Ton, der durch die Fistel gezwungen wird, klingt viel besser und reiner; es ist unerhört, wie sich diese Bursche in ihrer groben Ungeschicklichkeit versündigen.

Das Theater hat oft einen Streit mit der Kanzel gehabt; sie sollten, dünkt mich, nicht miteinander hadern. Wie sehr wäre zu wünschen, daß an beiden Orten nur durch edle Menschen Gott und Natur verherrlicht würden! Es sind keine Träume, meine Liebste! Wie ich an deinem Herzen habe fühlen können, daß du in Liebe bist, so ergreife ich auch den glänzenden Gedanken und sage--ich will's nicht aussagen, aber hoffen will ich, daß wir einst als ein Paar gute Geister den Menschen erscheinen werden, ihre Herzen aufzuschließen, ihre Gemüter zu berühren und ihnen himmlische Genüsse zu bereiten, so gewiß mir an deinem Busen Freuden gewährt waren, die immer himmlisch genannt werden müssen, weil wir uns in jenen Augenblicken aus uns selbst gerückt, über uns selbst erhaben fühlen.

Ich kann nicht schließen; ich habe schon zuviel gesagt und weiß nicht, ob ich dir schon alles gesagt habe, alles, was dich angeht: denn die Bewegung des Rades, das sich in meinem Herzen dreht, sind keine Worte vermögend auszudrücken.

Nimm dieses Blatt indes, meine Liebe! Ich habe es wieder durchgelesen und finde, daß ich von vorne anfangen sollte; doch enthält es alles, was du zu wissen nötig hast, was dir Vorbereitung ist, wenn ich bald mit Fröhlichkeit der süßen Liebe an deinen Busen zurückkehre. Ich komme mir vor wie ein Gefangener, der in einem Kerker lauschend seine Fesseln abfeilt. Ich sage gute Nacht meinen sorglos schlafenden Eltern!--Lebe wohl, Geliebte! Lebe wohl! Für diesmal schließ ich; die Augen sind mir zwei-, dreimal zugefallen; es ist schon tief in der Nacht."

## I. Buch, 17. Kapitel

### Siebzehntes Kapitel

Der Tag wollte nicht endigen, als Wilhelm, seinen Brief schön gefaltet in der Tasche, sich zu Marianen hinsehnte; auch war es kaum düster geworden, als er sich wider seine Gewohnheit nach ihrer Wohnung hinschlich. Sein Plan war: sich auf die Nacht anzumelden, seine Geliebte auf kurze Zeit wieder zu verlassen, ihr, eh er wegginge, den Brief in die Hand zu drücken und, bei seiner Rückkehr in tiefer Nacht ihre Antwort, ihre Einwilligung zu erhalten oder durch die Macht seiner Liebkosungen zu erzwingen. Er flog in ihre Arme und konnte sich an ihrem Busen kaum wieder fassen. Die Lebhaftigkeit seiner Empfindungen verbarg ihm anfangs, daß sie nicht wie sonst mit Herzlichkeit antwortete; doch konnte sie einen ängstlichen Zustand nicht lange verbergen; sie schützte eine Krankheit, eine Unpäßlichkeit vor; sie beklagte sich über Kopfweh, sie wollte sich auf den Vorschlag, daß er heute nacht wiederkommen wolle, nicht einlassen. Er ahnte nichts Böses, drang nicht weiter in sie, fühlte aber, daß es nicht die Stunde sei, ihr seinen Brief zu übergeben. Er behielt ihn bei sich, und da verschiedene ihrer Bewegungen und Reden ihn auf eine höfliche Weise wegzugehen nötigten, ergriff er im Taumel seiner ungenügsamen Liebe eines ihrer Halstücher, steckte es in die Tasche und verließ wider Willen ihre Lippen und ihre Türe. Er schlich nach Hause, konnte aber auch da nicht lange bleiben, kleidete sich um und suchte wieder die freie Luft.

Als er einige Straßen auf und ab gegangen war, begegnete ihm ein Unbekannter, der nach einem gewissen Gasthofe fragte; Wilhelm erbot sich, ihm das Haus zu zeigen; der Fremde erkundigte sich nach dem Namen der Straße, nach den Besitzern verschiedener großen Gebäude, vor denen sie vorbeigingen, sodann nach einigen Polizeieinrichtungen der Stadt, und sie waren in einem ganz interessanten Gespräche begriffen, als sie am Tore des Wirtshauses ankamen. Der Fremde nötigte seinen Führer, hineinzutreten und ein Glas Punsch mit ihm zu trinken; zugleich gab er seinen Namen an und seinen Geburtsort, auch die Geschäfte, die ihn hierhergebracht hätten, und ersuchte Wilhelmen um ein gleiches Vertrauen. Dieser verschwieg ebensowenig seinen Namen als seine Wohnung.

"Sind Sie nicht ein Enkel des alten Meisters, der die schöne Kunstsammlung besaß?" fragte der Fremde.

"Ja, ich bin's. Ich war zehn Jahre, als der Großvater starb, und es schmerzte mich lebhaft, diese schönen Sachen verkaufen zu sehen."

"Ihr Vater hat eine große Summe Geldes dafür erhalten."

"Sie wissen also davon?"

"O ja, ich habe diesen Schatz noch in Ihrem Hause gesehen. Ihr Großvater war nicht bloß ein Sammler, er verstand sich auf die Kunst, er war in einer frühern, glücklichen Zeit in Italien gewesen und hatte Schätze von dort mit zurückgebracht, welche jetzt um keinen Preis mehr zu haben wären. Er besaß treffliche Gemälde von den besten Meistern; man traute kaum seinen Augen, wenn man seine Handzeichnungen durchsah; unter seinen Marmorn waren einige unschätzbare Fragmente; von Bronzen besaß er eine sehr instruktive Suite; so hatte er auch seine Münzen für Kunst und Geschichte zweckmäßig gesammelt; seine wenigen geschnittenen Steine verdienten alles Lob; auch war das Ganze gut aufgestellt, wenngleich die Zimmer und Säle des alten Hauses nicht symmetrisch gebaut waren."

"Sie können denken, was wir Kinder verloren, als alle die Sachen heruntergenommen und eingepackt wurden. Es waren die ersten traurigen Zeiten meines Lebens. Ich weiß noch, wie leer uns die Zimmer vorkamen, als wir die Gegenstände nach und nach verschwinden sahen, die uns von Jugend auf unterhalten hatten und die wir ebenso unveränderlich hielten als das Haus und die Stadt selbst."

"Wenn ich nicht irre, so gab Ihr Vater das gelöste Kapital in die Handlung eines Nachbars, mit dem er eine Art Gesellschaftshandel einging."

"Ganz richtig! und ihre gesellschaftlichen Spekulationen sind ihnen wohl geglückt; sie haben in diesen zwölf Jahren ihr Vermögen sehr vermehrt und sind beide nur desto heftiger auf den Erwerb gestellt; auch hat der alte Werner einen Sohn, der sich viel besser zu diesem Handwerke schickt als ich."

"Es tut mir leid, daß dieser Ort eine solche Zierde verloren hat, als das Kabinett Ihres Großvaters war. Ich sah es noch kurz vorher, ehe es verkauft wurde, und ich darf wohl sagen, ich war Ursache, daß der Kauf zustande kam. Ein reicher Edelmann, ein großer Liebhaber, der aber bei so einem wichtigen Handel sich nicht allein auf sein eigen Urteil verließ, hatte mich hierher geschickt und verlangte meinen Rat. Sechs Tage besah ich das Kabinett, und am siebenten riet ich meinem Freunde, die ganze geforderte Summe ohne Anstand zu bezahlen. Sie waren als ein munterer Knabe oft um mich herum; Sie erklärten mir die Gegenstände der Gemälde und wußten überhaupt das Kabinett recht gut auszulegen."

"Ich erinnere mich einer solchen Person, aber in Ihnen hätte ich sie nicht wiedererkannt."

"Es ist auch schon eine geraume Zeit, und wir verändern uns doch mehr oder weniger. Sie hatten, wenn ich mich recht erinnere, ein Lieblingsbild darunter, von dem Sie mich gar nicht weglassen wollten."

"Ganz richtig! es stellte die Geschichte vor, wie der kranke Königssohn sich über die Braut seines Vaters in Liebe verzehrt."

"Es war eben nicht das beste Gemälde, nicht gut zusammengesetzt, von keiner sonderlichen Farbe, und die Ausführung durchaus manieriert."

"Das verstand ich nicht und versteh es noch nicht; der Gegenstand ist es, der mich an einem Gemälde reizt, nicht die Kunst."

"Da schien Ihr Großvater anders zu denken; denn der größte Teil seiner Sammlung bestand aus trefflichen Sachen, in denen man immer das Verdienst ihres Meisters bewunderte, sie mochten vorstellen, was sie wollten; auch hing dieses Bild in dem äußersten Vorsaale, zum Zeichen, daß er es wenig schätzte."

"Da war es eben, wo wir Kinder immer spielen durften und wo dieses Bild einen unauslöschlichen Eindruck auf mich machte, den mir selbst Ihre Kritik, die ich übrigens verehre, nicht auslöschen könnte, wenn wir auch jetzt vor dem Bilde stünden. Wie jammerte mich, wie jammert mich noch ein Jüngling, der die süßen Triebe, das schönste Erbteil, das uns die Natur gab, in sich verschließen und das Feuer, das ihn und andere erwärmen und beleben sollte, in seinem Busen verbergen muß, so daß sein Innerstes unter ungeheuren Schmerzen verzehrt wird! Wie bedaure ich die Unglückliche, die sich einem andern widmen soll, wenn ihr Herz schon den würdigen Gegenstand eines wahren und reinen Verlangens gefunden hat!"

"Diese Gefühle sind freilich sehr weit von jenen Betrachtungen entfernt, unter denen ein Kunstliebhaber die Werke großer Meister anzusehen pflegt; wahrscheinlich würde Ihnen aber, wenn das Kabinett ein Eigentum Ihres Hauses geblieben wäre, nach und nach der Sinn für die Werke selbst aufgegangen sein, so daß Sie nicht immer nur sich selbst und Ihre Neigung in den Kunstwerken gesehen hätten."

"Gewiß tat mir der Verkauf des Kabinetts gleich sehr leid, und ich habe es auch in reifern Jahren öfters vermißt; wenn ich aber bedenke, daß es gleichsam so sein mußte, um eine Liebhaberei, um ein Talent in mir zu entwickeln, die weit mehr auf mein Leben wirken sollten, als jene leblosen Bilder je getan hätten, so bescheide ich mich dann gern und verehre das Schicksal, das mein Bestes und eines jeden Bestes einzuleiten weiß."

"Leider höre ich schon wieder das Wort Schicksal von einem jungen Manne aussprechen, der sich eben in einem Alter befindet, wo man gewöhnlich seinen lebhaften Neigungen den Willen höherer Wesen unterzuschieben pflegt."

"So glauben Sie kein Schicksal? Keine Macht, die über uns waltet und alles zu unserm Besten lenkt?"

"Es ist hier die Rede nicht von meinem Glauben, noch der Ort, auszulegen, wie ich mir Dinge, die uns allen unbegreiflich sind, einigermaßen denkbar zu machen suche; hier ist nur die Frage, welche Vorstellungsart zu unserm Besten gereicht. Das Gewebe dieser Welt ist aus Notwendigkeit und Zufall gebildet; die Vernunft des Menschen stellt sich zwischen beide und weiß sie zu beherrschen; sie behandelt das Notwendige als den Grund ihres Daseins; das Zufällige weiß sie zu lenken, zu leiten und zu nutzen, und nur, indem sie fest und unerschütterlich steht, verdient der Mensch, ein Gott der Erde genannt zu werden. Wehe dem, der sich von Jugend auf gewöhnt, in dem Notwendigen etwas Willkürliches finden zu wollen, der dem Zufälligen eine Art von Vernunft zuschreiben möchte, welcher zu folgen sogar eine Religion sei. Heißt das etwas weiter, als seinem eignen Verstande entsagen und seinen Neigungen unbedingten Raum geben? Wir bilden uns ein, fromm zu sein, indem wir ohne Überlegung hinschlendern, uns durch angenehme Zufälle determinieren lassen und endlich dem Resultate eines solchen schwankenden Lebens den Namen einer göttlichen Führung geben."

"Waren Sie niemals in dem Falle, daß ein kleiner Umstand Sie veranlaßte, einen gewissen Weg einzuschlagen, auf welchem bald eine gefällige Gelegenheit Ihnen entgegenkam und eine Reihe von unerwarteten Vorfällen Sie endlich ans Ziel brachte, das Sie selbst noch kaum ins Auge gefaßt hatten? Sollte das nicht Ergebenheit in das Schicksal, Zutrauen zu einer solchen Leitung einflößen?"

"Mit diesen Gesinnungen könnte kein Mädchen ihre Tugend, niemand sein Geld im Beutel behalten; denn es gibt Anlässe genug, beides loszuwerden. Ich kann mich nur über den Menschen freuen, der weiß, was ihm und andern nütze ist, und seine Willkür zu beschränken arbeitet. Jeder hat sein eigen Glück unter den Händen, wie der Künstler eine rohe Materie, die er zu einer Gestalt umbilden will. Aber es ist mit dieser Kunst wie mit allen; nur die Fähigkeit dazu wird uns angeboren, sie will gelernt und sorgfältig ausgeübt sein."

Dieses und mehreres wurde noch unter ihnen abgehandelt; endlich trennten sie sich, ohne daß sie einander sonderlich überzeugt zu haben schienen, doch bestimmten sie auf den folgenden Tag einen Ort der

Zusammenkunft.

Wilhelm ging noch einige Straßen auf und nieder; er hörte Klarinetten, Waldhörner und Fagotte, es schwoll sein Busen. Durchreisende Spielleute machten eine angenehme Nachtmusik. Er sprach mit ihnen, und um ein Stück Geld folgten sie ihm zu Marianens Wohnung. Hohe Bäume zierten den Platz vor ihrem Hause, darunter stellte er seine Sänger; er selbst ruhte auf einer Bank in einiger Entfernung und überließ sich ganz den schwebenden Tönen, die in der rasenden Nacht um ihn säuselten. Unter den holden Sternen hingestreckt, war ihm sein Dasein wie ein goldner Traum. "Sie hört auch diese Flöten", sagte er in seinem Herzen; "sie fühlt, wessen Andenken, wessen Liebe die Nacht wohlklingend macht; auch in der Entfernung sind wir durch diese Melodien zusammengebunden, wie in jeder Entfernung durch die feinste Stimmung der Liebe. Ach! zwei liebende Herzen, sie sind wie zwei Magnetuhren; was in der einen sich regt, muß auch die andere mit bewegen, denn es ist nur eins, was in beiden wirkt, eine Kraft, die sie durchgeht. Kann ich in ihren Armen eine Möglichkeit fühlen, mich von ihr zu trennen? Und doch, ich werde fern von ihr sein, werde einen Heilort für unsere Liebe suchen und werde sie immer mit mir haben.

Wie oft ist mir's geschehen, daß ich, abwesend von ihr, in Gedanken an sie verloren, ein Buch, ein Kleid oder sonst etwas berührte und glaubte, ihre Hand zu fühlen, so ganz war ich mit ihrer Gegenwart umkleidet. Und jener Augenblicke mich zu erinnern, die das Licht des Tages wie das Auge des kalten Zuschauers fliehen, die zu genießen Götter den schmerzlosen Zustand der reinen Seligkeit zu verlassen sich entschließen dürften!--Mich zu erinnern?--Als wenn man den Rausch des Taumelkelchs in der Erinnerung erneuern könnte, der unsere Sinne, von himmlischen Banden umstrickt, aus aller ihrer Fassung reißt.--Und ihre Gestalt--" Er verlor sich im Andenken an sie, seine Ruhe ging in Verlangen über, er umfaßte einen Baum, kühlte seine heiße Wange an der Rinde, und die Winde der Nacht saugten begierig den Hauch auf, der aus dem reinen Busen bewegt hervordrang. Er fühlte nach dem Halstuch, das er von ihr mitgenommen hatte, es war vergessen, es steckte im vorigen Kleide. Seine Lippen lechzten, seine Glieder zitterten vor Verlangen.

Die Musik hörte auf, und es war ihm, als wär er aus dem Elemente gefallen, in dem seine Empfindungen bisher emporgetragen wurden. Seine Unruhe vermehrte sie, da seine Gefühle nicht mehr von den sanften Tönen genährt und gelindert wurden. Er setzte sich auf ihre

Schwelle nieder und war schon mehr beruhigt. Er küßte den messingen Ring, womit man an ihre Türe pochte, er küßte die Schwelle, über die ihre Füße aus- und eingingen, und erwärmte sie durch das Feuer seiner Brust. Dann saß er wieder eine Weile stille und dachte sie hinter ihren Vorhängen, im weißen Nachtkleide mit dem roten Band um den Kopf, in süßer Ruhe und dachte sich selbst so nahe zu ihr hin, daß ihm vorkam, sie müßte nun von ihm träumen. Seine Gedanken waren lieblich wie die Geister der Dämmerung; Ruhe und Verlangen wechselten in ihm; die Liebe lief mit schaudernder Hand tausendfältig über alle Saiten seiner Seele; es war, als wenn der Gesang der Sphären über ihm stille stünde, um die leisen Melodien seines Herzens zu belauschen.

Hätte er den Hauptschlüssel bei sich gehabt, der ihm sonst Marianens Türe öffnete, er würde sich nicht gehalten haben, würde ins Heiligtum der Liebe eingedrungen sein. Doch er entfernte sich langsam, schwankte halb träumend unter den Bäumen hin, wollte nach Hause und ward immer wieder umgewendet; endlich, als er's über sich vermochte, ging und an der Ecke noch einmal zurücksah, kam es ihm vor, als wenn Marianens Türe sich öffnete und eine dunkle Gestalt sich herausbewegte. Er war zu weit, um deutlich zu sehen, und eh er sich faßte und recht aufsah, hatte sich die Erscheinung schon in der Nacht verloren; nur ganz weit glaubte er sie wieder an einem weißen Hause vorbeistreifen zu sehen. Er stund und blinzte, und ehe er sich ermannte und nacheilte, war das Phantom verschwunden. Wohin sollt er ihm folgen? Welche Straße hatte den Menschen aufgenommen, wenn es einer war?

Wie einer, dem der Blitz die Gegend in einem Winkel erhellte, gleich darauf mit geblendeten Augen die vorigen Gestalten, den Zusammenhang der Pfade in der Finsternis vergebens sucht, so war's vor seinen Augen, so war's in seinem Herzen. Und wie ein Gespenst der Mitternacht, das ungeheure Schrecken erzeugt, in folgenden Augenblicken der Fassung für ein Kind des Schreckens gehalten wird und die fürchterliche Erscheinung Zweifel ohne Ende in der Seele zurückläßt, so war auch Wilhelm in der größten Unruhe, als er, an einen Eckstein gelehnt, die Helle des Morgens und das Geschrei der Hähne nicht achtete, bis die frühen Gewerbe lebendig zu werden anfingen und ihn nach Hause trieben.

Er hatte, wie er zurückkam, das unerwartete Blendwerk mit den triftigsten Gründen beinahe aus der Seele vertrieben; doch die schöne Stimmung der Nacht, an die er jetzt auch nur wie an eine Erscheinung zurückdachte, war auch dahin. Sein Herz zu letzen, ein Siegel seinem wiederkehrenden Glauben aufzudrücken, nahm er das Halstuch aus der vorigen Tasche. Das Rauschen eines Zettels, der herausfiel, zog ihm das Tuch von den Lippen; er hob auf und las:

"So hab ich dich lieb, kleiner Narre! Was war dir auch gestern? Heute nacht komm ich zu dir. Ich glaube wohl, daß dir's leid tut, von hier wegzugehen; aber habe Geduld; auf die Messe komm ich dir nach. Höre, tu mir nicht wieder die schwarzgrünbraune Jacke an, du siehst drin aus wie die Hexe von Endor. Hab ich dir nicht das weiße Negligè darum geschickt, daß ich ein weißes Schäfchen in meinen Armen haben will? Schick mir deine Zettel immer durch die alte Sibylle; die hat der Teufel selbst zur Iris bestellt."